翼想本

翼想本

人生售後服務部

SECOND LI
AFTER-SAL
DEPARTME

03

千 丿

OOI CHOON LIANG

目錄

第一章
飆升的資料，替罪的宗教

我工作已經一年了。

這是第二十四次，第二十四次對複製人的挽救失敗。我看著面前被工作人員拉上拉鍊的「回收袋」，卻發現自己變得越來越平靜。

甚至開始感覺不到疼痛，不，應該說，我從來就沒有感受到疼痛，只是一直以為這是一種疼痛而已。這不是疼痛，至少大部分不是。

可這到底是什麼，我卻還沒有分清楚。

這是麻木了嗎？如果這就是麻木，為何那種難受的感覺卻一點都沒減輕？若嵐說，這是成熟的轉變，而讓男人成熟起來的往往都是女人。

我當時笑著問莫非她說的是自己嗎？結果她說不是，而是一個叫晴妍的複製人。

對於她的回答，我頓時笑不出來。

而她看了我的反應，卻突然說還差了點火候。她認為我什麼時候聽到這個名字，臉上的笑容不會消失，那才是真正的成熟。

我當時有點生氣，說那叫麻木，她卻說我幼稚。

我昏昏沉沉拖著有些疲憊的身軀擠進電車，手機裡傳來的訊息，是許渝媛發來的，說三個月前死去的一位複製人家屬，已經正式寄來了律師函。那位母親固執地認為，她那位複製人兒子，是被我教唆才尋死的。

而關於這件事，我需要在明天午休時間去一趟專務的辦公室解釋這件事。

雖然我不擔心公司會因為這樣的事就把員工拋棄，但終究還是感到了某種心煩意亂。想著那個歇斯底里企圖控制孩子一生的女人。

當時要是查出她的孩子是死在離家出走的路上，她的複製人申請恐怕根本不會通過。我還記得那個已經三十歲的男子對我說——

「我沒有想到連死都沒有辦法從她身邊離開。」

電車在疾馳中驀然一個急剎，正陷入思考的我一下子沒有抓穩頭頂的拉環，一個踉蹌向後倒了過去，幸好被一個身體強壯的大叔撐住了。

「小心點。」

「啊，不好意思。」我連忙道歉。好在對方也沒有在意，點了下頭便轉開頭去。

我看著手機裡的資訊，心裡卻明白麻煩的根本不是區區一件投訴。而是這最近半年裡，複製人申請自殺的件數正以一種不自然的速度飆升。

一開始速度增長不那麼快的時候，我以為是我的工作出了問題，可在發現若嵐負責的複製人也出現了這樣的情況後，我就知道我錯了。

但我並沒有鬆一口氣，反而有了一抹不祥的預感。

當我回到家，一家人已經圍著桌子，一副就等我坐下開飯的樣子。不過我的母親並不在這裡。她去參加社區自行組團的複製人旅行了。

這是她離開的第六天，無論是伙食，還是清潔，以及窗外盆景的澆水，一切都從簡。父親宛若苦行僧一般的表情，蕊兒則是用免洗叉子搗弄著盤子裡的速食牛排。

沒錯，這家裡除了母親，根本沒有人能好好的做出一頓正常的伙食。

其實正常說，我是可以的，只是花的時間太久，就算是休息天，他們也不願意等。而現在工作逐漸變得繁忙，我走進廚房能夠幫忙的，大多也只剩洗碗和丟廚餘而已。

「老哥你最近不是挺忙的嗎，今天倒是很早？」

蕊兒的話讓我微微一愣，我抬頭看看牆上的鐘，發現竟然才七點不到而已。

在發現這一點的瞬間，腦海裡浮現的一句話竟然是——

時間，什麼時候變得那麼難熬了？

身體並沒有感受到太多的疲憊，只是在長時間的負面消息轟炸中，終究還是會覺得精神不濟。

「嗯，我在外面吃過了，你們吃吧……」

「過分！這麼狡猾一個人偷偷在外面吃！也不知道帶點回來！」

我自顧自地進了房間，將衣物在架子上掛好，看著早上被自己疊得整齊的床鋪，有一種不管不顧，想就這麼縱身一躍往上一趴的衝動。

可不知道是不是因為沒做過這種動作，我竟然不知道該如何開始。

傻站在床邊整整一分鐘，我還是選擇了在桌子旁邊的轉椅上坐下來，從桌上的常備口香糖罐裡抽出一條塞到嘴裡。

軟綿的甜味在嘴裡化開，卻沖淡不了心裡淡淡的苦澀和無力。

「篤篤。」

敲門聲響起，還沒等我回應，門就被打開。那敲門聲彷彿只是一種通知，而不是詢問。

「現在只剩泡麵了，肚子餓了自己吃。」

父親放下一碗香菇燉雞口味的泡麵，瞥了我一眼，「沒胃口吃，就等餓了再吃好了。」

「……有這麼明顯？」我沒想到基本不怎麼關注我的父親竟然也發現了我的心情，不由得苦笑反問。

「你今天帶出去的傘呢？」

經父親一提，我才想起來。「……好像忘在公司了。」

父親聞言，看著我搖搖頭。「如果不想做，辭了也行，但我頂多養你半年，你自己看著辦吧。」

他這是算給我打氣嗎？

我被他的話弄得一愣，但卻琢磨不出這是什麼意思，「我沒想辭職。」

「那就別不上不下的，吊在半空不僅你難受，旁邊看的人也不舒服。」父親哼了一聲，聽上去似乎是因為我妨礙到了某人的情緒，他才進來的。

我恍然大悟，「蕊兒讓你來的？她自己怎麼不來？」

聽到這句話，父親的臉上露出極為不悅的情緒，「……你自己沒感覺？」

「什麼意思？」

「你就沒發現，不知道從什麼時候開始，她漸漸變得怕惹你不高興了。」

「啊？」我聽到這句話，看著父親不滿的表情，反倒有些哭笑不得。難道整天毫無顧忌地惹我不高興才是一件好事嗎？

當然，這件事在這個死宅中年人眼裡，無疑是天經地義的事。所以我也沒有在這個問題上糾纏，「畢竟青春期，性格有些變化很正常啊，再說我好歹也工作了一段時間，也許成熟得讓她有了代溝的感覺？」

「你覺得你成熟了嗎？」

這個問題讓我想起若嵐對我的質疑，我頓時笑不出來了，「……總比一開始強些吧？」

「你知道養孩子什麼時候最煩人嗎？」

「呃……嬰幼兒期？各種餵奶睡不好覺之類的。」

「我說的不是累，而是煩，青春期的小孩最煩人了，這個時期的孩子不像小時候那麼好唬弄，又不像長大成熟後那麼懂事，你和他講感情，他和你講道理，你和他講道理，他和你講感情，和那些新聞裡永遠執政不了的在野黨沒什麼區別。」父親一臉厭惡地說到最後，一臉理所當然地補充了一句——

「當然，蕊兒是例外的。」

我心中有些不耐，想盡快結束這個讓我煩躁的話題。「你到底想說什麼？」

「我想說，如果只是半桶水的成熟，那連幼稚都不如。」

「……」

第二天，在專務的辦公室，我拘謹地坐在真皮的沙發椅上，面前是一杯熱騰騰的咖啡，可因為某次不堪回首的經歷，讓我總覺得這杯東西裡放了一些不該放的東西。

「怎麼不喝啊？」

我連忙搖頭，身體有些僵硬，連帶著腰板挺得筆直，「哦，最近睡得不大好，暫時戒了。」

林蕭然一臉碰上知己的表情，「哦，莫非你最近也被甩了？」

為什麼要用這個「也」字呢。

我忍住自己想要深究的衝動，「呃，只是最近工作不太順利，給公司添了不少麻煩，很抱歉，我……」

「麻煩？」林蕭然一臉茫然的看著我：「什麼麻煩？」

怎麼回事？他好像不知道的樣子。

「是關於最近接連投訴我的事，可能還會惹上官司，所以林專務，這次我是來向您……」

林蕭然聽到這裡，好像有了一絲印象，他摸了摸帶著鬍碴的下巴，「好像是有這事？我找找……」

說著，他就開始在自己的辦公桌上翻找起來。因為他整個辦公室都整理得很乾淨並且整齊，我以為他會很快找到許渝媛給他的報告。

但沒想到他找了將近一刻鐘，都沒有把東西找出來。而且這個人找東西的態度很有問題——能用腳的堅決不用手。

沒錯，他是用踹的、挑的、踩的……

「呃，那個，如果專務公務繁忙，我就先……」

「啊！找到了！」

在林蕭然一腳踹倒一個垃圾桶之後找到了，沒錯，在垃圾桶裡找到的。他一臉不情願地彎腰把檔案撿起來，打開後一臉嫌棄——

「我才剛把這件事忘了，結果你又讓我想起來！這種人如果死了，我是肯定不想做她的複製人的。」

啊，雖然早有預料，但看來這個專務打算是將不靠譜的風格進行到底了。

「呃……林專務，這一次實在很抱歉，因為……」

「不用解釋了，公司會搞定的。」林蕭然說完這句話，又面無表情地把那份報告塞回垃圾桶，彷彿那裡才是它該去的地方。

他真的有打算搞定嗎？

我看著那份被重新丟入垃圾桶的檔案，又看了看周圍已經被他折騰得不成樣子的房間，心中忍不住起了一絲疑惑。

「不要把記性浪費在這種事上，這種事有專門的人會去應對，否則每年給律師團的費用和打水漂沒什麼兩樣了……」林蕭然也不理地上的一片狼藉，很沒形象地坐回自己的椅子上，同時雙腳翹在桌子上，「今天找你，是有另外一件事要和你商量。」

和我？和我有什麼好商量的？

「相比那種被人投訴或者打官司的鳥事，另一件事現在才是公司最頭疼的，你知道是什麼，對吧？」

我點點頭，明白他說的是關於近期複製人自殺率不自然的上升速度。

然後，林蕭然從桌子上丟了一卷報紙給我，首頁上巨大的版面，加粗加黑的一行大標題——**複製人的設計缺陷？第二人生公司的非人道科學！**

「這半年來，自殺率上升到這種地步，已經有媒體懷疑是我們的技術問題，製造出來的複製人擁有大量的人格缺陷，甚至有流言說市政府已經開始籌備聽證會，要究責公司了。」林蕭然躺在椅子上，仰頭望著天花板上的壁燈，聲音裡帶著一絲幾乎不可聞的疲憊，「如果結果不好……不，哪怕僅僅打成了糊塗官司，恐怕下一次複製人規制改革就會來臨，並且是往壞的方面。」

我聽到這裡，微微一愣之後，心中忍不住燃起了一絲怒意，「可這怎麼證明？一直以來，複製人的自殺問題，大家應該都知道是社會的問題才對，這是制度面的問題，市政府這是在推卸責任！而且憑什麼要我們拿出證據？他們也沒有證據說這是技術上的問題。」

「這確實有舉證責任倒置的嫌疑，但在自殺率如此飆升的情況下……」林蕭然哈哈一笑，但我卻沒有聽出一絲一毫的笑意，甚至感覺到了林蕭然那隱隱的不屑，「不會這點踢皮球的本事，還怎麼參政啊？」

聽到這裡，我突然覺得很諷刺。

複製人在法律上確實是財產，但客觀來說，也確實是活生生的性命。這些年來的道德壓力一直壓在現有的體制，以及在其中獲益的人們身上。

這一點，這個社會的所有人都知道，而這個社會卻彷彿睡著了一樣，對其視而不見，好像根本沒有多少人知道這件事一樣。

可一旦出了這樣的事，社會的道德意識彷彿在一瞬間集體覺醒了，宛若之前這些年的裝聾作啞根本就不存在一樣。

也許是看出了我的憤怒，林蕭然卻顯得很淡然，「你有沒有經常聽到一些人嘴上說『我自認為不算什麼好人』，好像豁達得一塌糊塗，可當這些人在被指責什麼的時候，卻委屈得好像被人輪了似的？」

我不是很適應林蕭然那粗俗的比喻，皺了皺眉，「嗯，見過類似的，確實是矛盾，應該是他們沒有辦法設身處地為他人……」

「才不是呢，都什麼年代了，教育普及率已經達百分之百，基本思考能力是有的，怎麼可能有人真的是完全沒辦法替他人著想？」

林蕭然一點面子都沒給我，毫不留情的笑了出來，他伸出手指指我的鼻子，「若嵐有沒有說過，你有點學生味？」

「……」

「嗯，看來是有了。你還真的不是她喜歡的類型啊……」林蕭然幸災樂禍的說了一聲後，便把腳收了回去，站起身，走向一旁的咖啡機，從櫃子下拿出咖啡杯，按下按鈕，在咖啡豆被磨碎的聲音中，他背對著我，緩緩說道：「理由很簡單，大家想有『好人』的名頭，所以被指責的時候，他們很憤怒，可大家不想要背負『好人』的責任，同時還想要有當『壞人』的利益，這基本上就和只想上床不想結婚的渣男沒什麼區別。所以這根本不矛盾，社會風氣讓大部分人變成了這樣的渣滓，也就是說……」

說到這裡，林蕭然端起了那杯他已經倒好的咖啡，轉過身面向我，「公司的技術到底有沒有缺陷並不重要，重要的是，他們都希望技術是有缺陷的，這樣人們就可以逃避面對自己自私的本性，所以我需要你幫我做事，修元。」

「什麼事？」

「雖然複製人監察廳那邊的資料，估計等一下若嵐會給你，但我可以提前和你說一下，最近公司與複製人監察廳合作，查了一些複製人，但主要是查關於奧米勒斯教的問題。」

知道這件事的時候，我心中一驚，忍不住從沙發椅上站起，「什麼時候公司和監察廳合作了？」

複製人監察廳，最近和我的接觸逐漸變多，但更多的是調查我那些申請自殺的複製人案子。當然，我和複製人平日的交往，也在他們調查的範圍內。

可歸根究柢，這與其說是合作，不如說是來自監察廳的掣肘。每年公司因為生產的複製人數量，以及複製人活動許可範圍，都在市政廳裡和監察廳的人吵得面紅耳赤。

當然，這涉及的不僅僅是複製人的人權問題，更多的，還是圍繞在市政府財政是否能夠負擔起這些無收入人群補貼的問題，以及複製器官是否會陷入資源短缺。人工培育單一的器官在技術上確實取得了不少突破，但依舊有大量複雜的器官無法培育，必須依賴於「回收」之後的複製人臟器。

可以說，複製人目前僅存的自由和權利，至少有一半歸因於他們本身就代表了「利益」。

而從這個角度來說，監察廳的職能確實要比一間公司看上去更加「清廉」一些。而這樣一個部門，卻開始和公司合作，讓我在驚訝之餘，也不由得多了一些擔心。

公司到底是在什麼地方做出了妥協，才會讓這樣一個部門在關鍵的時候不踩上一腳，反而還合作一些事務呢？

「不必擔心，複製人監察廳，歸根究柢也是人組成的……」林蕭然嘿嘿笑了一聲，「他們沒你想得那麼乾淨無私。」

「呃，這是什麼意思？」

林蕭然的語氣悠然，卻讓我的頭皮發麻，「如果賊都死光了，那員警還吃什麼？」

我瞬間明白了，複製人監察廳的立足之點就在於對複製人的監察，可如果複製人體制真的全面崩潰，恐怕也不是他們願意看到的。

一旦被驗證出複製人存在技術上的缺陷，最壞的結果便是讓複製人全面停產，那便等於削掉了複製人監察廳一半的業務，亦等同於削去了重要的權力。

「我明白了，那林專務，您到底想要我做什麼呢？」

「兩件事，調查奧米勒斯教，並找出教派和自殺率飆升之間的關係。」

「可是……」我有些猶豫，忍不住問了一句。「如果沒有關係呢？」

話音一落，空氣卻彷彿突然冷了下來，林蕭然朝我踏前一步，語氣森然，哪裡還有往常那種吊兒郎當的樣子，「修元，我很看好你，所以千萬想清楚再說話。」

「……」

「他們有關係，必須有，你明白嗎？」

我不知道自己的臉色是什麼樣的，但可以想像是何等難看，因為我感覺到自己的手在抖，「可奧米勒斯教有可能是無辜的！」

「他的教義不可能無辜，他就是鼓勵複製人去自殺的！因為這是複製人的教會所以才不管而已，如果是一般人的教派有這種教義，早就被打成邪教了！」

林蕭然說了一連串的話後，似乎覺得對我的態度過於嚴厲，自嘲的笑了笑，「抱歉，我好像口氣不大好？」

「呃，沒有。」應該說比起他吊兒郎當的樣子，我覺得我更擅長應付這種口氣。

「是不是覺得我也挺髒的？」林蕭然笑著問我。

我口頭上自然說沒有，但內心裡，我卻又沒有辦法明確地告訴自己「沒有」。而不可否認的是，看到林蕭然此刻的樣子，我心中多多少少感到了些許失望。

「我的目標是保住這麼多年來的成果，我絕對不允許制度的倒退，我知道你想說什麼，你想說『奧米勒斯教』也許是無辜的，但相比公司，我相信公司投入這麼多年的人力物力，我相信這些年大家所做出的努力。這些心血不可能不是清白的，至少要比『奧米勒斯教』要清白得多，你明白嗎？」

我明白，身為專務，他依舊願意對我這麼一個資歷淺薄的小員工說那麼多，已經算是態度良好了，按理說我應該識趣一些，可嘴上卻忍不住繼續反問，「可如果那些政客真的說對了呢？如果真的是技術缺陷呢？」

「這和他們說得對不對沒有關係，哪怕他們不說，公司也無時無刻不想方設法改良自己的技術以及演算方式，可我們需要時間，你明白嗎？修元。」

「我以為我進的是公司，而不是政壇。」

「……」林蕭然的眉毛一挑，沒有說話，只是略帶冷意的看著我。

我立刻意識到自己說了不該說的話。「對不起，是我失言了。」

好在林蕭然也沒有追究的意思，可他似乎也失去了和我深談下去的興致，索然地將手上的咖啡放到茶几上。「沒關係，這確實不是一件光明正大的事，我只是希望你在有選擇的情況下，好好考慮你的所作所為會造成什麼後果，同時，這件事不要讓若嵐知道。」

「為什麼不讓她知道？」

「因為如果我指東的話，我這個妹妹一定會往西的。」林蕭然苦笑，此刻的他，就是一位拿自己妹妹沒轍的可憐兄長，「別看她做事是一把好手，壞起事來，也完全不遑多讓。」

為什麼若嵐會這麼討厭林蕭然呢？明明在一個公司，她也受其照顧才對，哪怕沒有感恩之心，也不會無端生出這樣的厭惡。

我心中疑惑，卻不敢將這個尷尬的問題問出來。

第二章 怪異的青年，難解的習題

公司裡瀰漫的空氣比我剛進來的時候，要沉重不少。彷彿其中每一粒微塵都變得溼潤，黏在身上，流竄於胸腔，讓呼出的每一口氣都開始變得像嘆息一般。

近幾個月公司的處境確實說不上好，每個人都繃緊了弦，持續的壓力之下，卻沒有多少人露出疲態。

因為這段時間的壓力，公司開始流傳一個流言。那就是如果真的被證實複製人的自殺率是因為技術原因導致的缺陷，那麼每年的複製人產出許可量必然會大大減少，甚至暫時性的停產。

而一間公司面對產量減少，或者暫時性停止生產的狀況，自然會做出削減開支的決斷，比如大幅度的裁員。

然而，即便流言傳得鋪天蓋地，有一個人的腳步聲卻依舊一點變化都沒有，尖銳且堅定。此時，略顯尖銳的高跟鞋鞋音從走廊處傳來。

我想起第一次遇見若嵐的場景，卻再也沒有當初緊張的心情。甚至還從抽屜裡拿出抹布，將桌子重新擦了一遍。

「怎麼樣，投訴的事麻不麻煩？」

我聽到若嵐走到身後，略過寒暄，直奔主題地問我。

「沒有，林專務說，這件事沒問題，公司的人會搞定。」

「沒有給你任何處理？」

難道要處理我才好？

我微微一愣，心中倒是沒有多少不悅，只是奇怪若嵐為何這麼問，轉過頭去，問道：「怎麼了？」

若嵐皺著眉，看了我良久，那眼神讓我感到陌生，因為隱隱可以感覺到若嵐對我似乎有了戒備，「他對你好像另眼相看啊……」

「呃，怎麼了？公司以前莫非都是要處理員工的嗎？」

「如果是以前，一般口頭教育一下也就結束了，但現在這種時期……」若嵐搖了搖頭，眯眼看著我，「你該不會站到他那邊去了吧？」

我明白了她的意思。如果是平常時期，可能真的會輕描淡寫地過去。可問題是公司在最近這段時間的處境說不上好，如果再捲入官司糾紛，很容易陷入新的公關危機。

在這種情況下，就算不做一下殺一儆百的事，也不該表現得這麼雲淡風輕，這算是林蕭然為了讓我做事，特意示好的手段嗎？

而從若嵐此刻的反應來看，她真的不喜歡自己的哥哥，所以才會有如此的警覺。

「妳知道，我不大理會這些事的。」

這個回答顯然並沒有讓若嵐感到滿意，但她只是皺了皺眉，卻沒有繼續追究下去。

「今天不用做複製人家訪，目前公司情況特殊，上面讓我們查查奧米勒斯教的事，和以前不同，這次算是動真格的了。」若嵐無意識的摸了一下手腕上的手錶，她似乎覺得錶帶不夠緊，皺著眉將其打開，重新調整尺寸後，再次扣上。「原因需要我解釋一下嗎？」

「不用。」

若嵐略顯意外的挑了挑眉，點點頭，「不錯，有長進，變得能沉住氣了。」

她嘴上在誇我，但我卻感到她心裡有些失望。而在下一刻，心底湧現了一股不甘，讓我在她轉過身的瞬間說出了一句話，「可我不打算扣帽子。」

若嵐的身軀頓住，回過頭瞥了我一眼，哼了一聲說：「看來還早得很。」拋下了這句，她便向門外走去，應該是去車庫取車。不知道是否是錯覺，我覺得她的腳步聲比之前略微輕了一分。

若嵐前腳剛走，後腳便是許渝媛走了進來，她張牙舞爪地衝我炫耀了一下那慘烈得簡直就像案發現場的指甲，噁心完了我之後，才好奇地問我：「你幹麼了？」

微微一愣，我還沒有從剛才的視覺汙染中回過神，茫然詢問道：「什麼幹麼了？」

「若嵐姐剛才走出去好像在笑，我這個月就沒看到她笑過。」

「是嗎……」

「你也笑什麼？」許渝媛愣愣地打量我幾眼，瞇起眼睛，「喔，我懂了。」

「妳懂什麼了？」

「狗男女的味道。」許渝媛說完這句，猛地搖了搖頭，「不對，是狗男仙女。」

我憐憫的看著她，「妳這是單身久了，看誰都想配個對吧？」

「你亂講！」許渝媛眉毛都豎了起來，她有些心虛地看了看四周。「姑娘我很受歡迎的，只是眼光略高你懂嗎？」

「改改妳的指甲，妳才有機會脫單。」

「你懂個屁！」許渝媛超級寶貝她那塗得五彩繽紛的指甲，聞言頓時大怒，「說得好像你是情聖一樣！」

來自複製人監察廳的資料，在上了車之後，若嵐便將其交給我。她讓我大概看一下，好跟上目前的進度。

我越看越覺得心驚，雖說沒有打算給奧米勒斯教扣帽子，但從調查完的資料上看，百分之百的自殺複製人都是奧米勒斯教的信徒。

車裡瀰漫的薰衣草香味並沒有發揮讓人放鬆的效果，我一隻手架在車窗邊，同時撐著額角，另一手拿著手上的資料，疑惑地詢問：「是怎麼判定他們是信徒的？」

「他們的電腦裡都有奧米勒斯教的教義宣傳，以及原文的《從奧米勒斯城出走的人》小說。」

聽到這話，我感到難以置信，「就憑這些？太草率了吧？」

「不然呢？這個東西又沒有證書。」

我頓時感受到來自複製人監察廳的深深惡意，他們在調查的時候已經在主觀上決定了施力的方向。

「他們為什麼不查查會費之類的東西？」

「奧米勒斯教之所以難查，很大原因就是在這點上。」若嵐開著車，目視前方，但從側面看過去，我卻發現她的眼神略顯迷惘，「這個宗教，從沒收過錢。」

「啥？沒收過錢？那他們怎麼營運的？」

「在這個問題之前，你應該考慮的是，複製人哪來的錢繳會費？在一般情況下，他們沒有工作的權利，即便真的有勞動所得，那也是複製人擁有者的。」若嵐的脣角一勾，略顯譏諷地說道，「而在這個方面，你覺得複製人的擁有者會願意支付入會費給這樣的宗教嗎？要知道，這個宗教提倡的是自我結束生命。」

不願意。

這連想都不用想。如果我媽想要為了這種宗教繳會費，恐怕比起那筆錢的問題，我應該會更希望她遠離這個危險的宗教。

「所以，如果需要繳錢，那比起一般人，沒有經濟自主權的複製人會難以加入這個宗教，這對傳播不利。」

「可傳播不利，也比沒有收入來得強啊。」我明白若嵐的解釋，但這不能說明問題。

上帝不需要銅板，可不代表教會就不需要。這世上哪裡會有宗教可以完全不碰錢的？甚至可以說，一般的企業，收入上是比不上僅僅依靠信仰就能賺錢的宗教的。

尤其，在這個自治市裡，宗教的收入連稅都不用繳。

「你這麼問我也沒用，從幾年前監察廳就盯著奧米勒斯教了，可是一直查不出錢的流動，雖然很不可思議，但目前只能認為他們根本就不依賴那些世俗的金錢。」

我聽了這話，只好結束討論，就此作罷，繼續翻了幾頁，越翻眉頭皺得越緊，最後長吐一口氣將資料塞回了檔案袋，「他們就查出了這點東西？什麼都不知道？就算查不到資金，但既然有教義和小說，總能找到流傳這些東西的人吧？」

「那些東西都是電子版，每個人都是從個人電子信箱裡拿到的。」

「那發送的電子信箱總查得到吧？」

「另外一個棘手的地方就在這裡，所有的郵件都是系統自動轉發的，連當事人都說不知道自己什麼時候發出去的，不論是哪個公司的信箱，皆不例外。甚至有些人根本就不喜歡這個宗教，將郵件刪除了，可在那個人不知情的情況下，郵件依舊以他的電子信箱為中轉站，不斷轉發蔓延出去。」

「那等於所有使用電子信箱的複製人都見過這個郵件？」

「沒錯，所有的複製人，一個都沒遺漏。」

「有沒有撒謊的可能？畢竟，也許他們其中有人更接近奧米勒斯教的核心，甚至本身就有可能是奧米勒斯教的高層人物也說不定。」

「不是沒有這個可能，但目前為止無從下手，找不到源頭，就沒有辦法查到更多。」

「如果連複製人監察廳這樣的政府部門都查不到，我們的權限遠低於他們，該怎麼查？總不可能讓員警來幫我們。」

「我們是沒辦法叫員警做這種事，但你別忘了，第二人生是當代最頂尖的科技公司，我們所擁有的專家，可是連政府都不一定比得上，否則你以為複製人監察廳為什麼會找我們合作做這件事？因為他們實在是查不下去了。」

說話間，車停了下來，我轉頭向外看去，發現右邊就是一處幾乎全由玻璃包裹的巨大建築，仰頭望去看不到頂，而在門口則有一塊黑白相間的巨大花崗石，花崗石的一面被切割得極為平整，其上列著一行字——第二人生研究中心。

「我們要找的專家，就在這裡。」

「我想問問，既然複製人監察廳在查，為什麼不開放給他們來這裡。」

「因為這位專家有些特殊，他是公司的財產。」把車俐落的停進停車位後，若嵐頓了一頓，神情有些奇怪，似乎她也沒有辦法很好地定位這個人。「他叫姜肅生，是公司研究中心裡，唯一的複製人。」

我跟著若嵐走入研究中心，在門口必須通過嚴格的安檢，通訊設備以及金屬類物件都被警衛扣留。並給我們一人一個號碼牌，讓我們出來的時候再取回被扣留的物件。

「怎麼有種去見黑社會老大的既視感，還是隨時可能被刺殺的那種。」

到了電梯口，發現連進電梯都要做視網膜記錄之後，雖然很欣賞這裡細緻的布置和縝密的保全措施，可我還是忍不住吐槽了一句。

「姜肅生是這幢大樓裡最重要的財產，他是複製人，也是目前為止唯一不用經過審查，天生就擁有職位的複製人案例。」

「他這麼厲害？」

「當然，雖然他是複製人，可是他同時也是第二人生AI設計部的首席顧問……可以說，監控複製人的AI程式能夠發展到現在這個樣子，他是最大的功臣。但同時，他也很特殊，特殊到當初為了把他製造出來，公司一直是處於連年赤字的狀態。」

聽到這個評價，我感覺到一種無與倫比的荒謬。一個複製人，竟然設計出了社會控制複製人群體的最大利器？

雖然我明白，在這件事上恐怕他沒有太多的選擇，但站在複製人的角度，這就是毋庸置疑的背叛。

而若嵐的另一句話，卻讓我感到了近乎於震撼的驚訝，「特殊？他哪裡特殊？需要花那麼多錢？」

製造複製人的成本按理是不會差太多的。不管這個人是否聰明，不管這個人是否強壯，這其中都有一個成本上限和下限的問題，對普通人來說一個複製人的誕生可能是天文數字；可對於第二人生公司來說，雖然複製人再便宜也不會便宜到哪裡去，可是，貴也貴不到哪裡去。

很難想像為了製造一個複製人，公司會花這麼多的錢。

「你見到他就知道了，總之，外界並不知道他的存在，他的存在是一個少數人才知道的機密。」

電梯門無聲地打開，眼前便是純白的電梯內部。不知道是用什麼材質做的，在電梯門合攏後，四周化為純白而柔和的光，視野內已然看不到電梯的樣子，只覺得自己站在純白的世界裡，也沒有絲毫升起或者降落的感覺，唯有頭頂的數字不斷在變化。

柔和的白光充斥著每個角落，在這個狹小的空間裡，我看不到一絲一毫的陰影，恍惚間有種被關在雙面鏡裡的感覺，如同一隻被觀察的白老鼠。

我喜歡乾淨，但第一次，僅僅是一座電梯而已，就讓我對乾淨產生了懼怕。太乾淨了，乾淨得好像什麼都沒有，乾淨到連對自己的存在都產生了懷疑。

好在頭頂還有一個不斷變化的紅色數字，好在身邊還有若嵐，好在，電梯終究還是會停的。

數字最終在三十二層停下，白光漸漸變弱，出現了電梯內部的稜角，電梯門無聲地打開，映入眼簾的景象讓我有些意外。

這裡的空間如同我當年大學禮堂般廣闊，無數的電腦密密麻麻地排滿了大部分空間，而電腦與電腦之間便自然形成了走道。

相比電腦的數量，這裡的研究人員的數量雖然不少，卻也沒有多到誇張的地步，幾乎每個人都需要面對四臺到五臺的電腦。

同時有些人也帶著可攜式的掌上型電腦做著一些記錄。

他們時不時地互相交頭接耳，神情專注，有時抬頭瞥一眼螢幕上的資料。偶爾有人詫異地看了我和若嵐一眼，但沒有人願意放下手頭的工作來招呼我們。

正當我決定要隨便找一個看上去相對不那麼忙的人詢問時，突然感覺到身後原本已經關閉的電梯門突然開了。

皮鞋踩在地板上的聲音響起，而後便是一個敦厚的男聲，聲音裡帶著的歉意讓人忍不住起了三分好感，「喔，你們就是總部來的人嗎？抱歉，我以為你們會在門口，看來是錯過了。」

轉過身，看到一名穿著西裝的中年男子正微笑地看著我們。

「你是姜勤？」

「我是。之前和我電話裡溝通的人就是你吧？你們好。」姜勤和我們點頭示意之後，確認了一遍我們的來意，「你們……是來找我爺爺的吧？」

爺爺？

姜肅生的年紀看來真的不小了，不知道是否容易溝通，如果是個脾氣古怪而倔強的老頭，恐怕有的頭疼了。

「沒錯，現在是否方便？」若嵐禮貌性地詢問，畢竟是已經預約過的情況，相信也不會出什麼太多的意外。

但結果出乎意料，姜勤顯得有點尷尬，他搓了搓手說：「那個，我之前和你說過，我爺爺他脾氣有點怪……有些時候需要包涵一下。」

若嵐和我奇怪地對視了一眼，「怎麼了？」

「從今天早上開始，他就把自己關在房間裡不出來，飯也不肯吃。」

「該不會出什麼意外吧？」我不由得有些擔心。

「他是複製人，我不能說萬無一失，但確實不太可能的。」姜勤笑著搖搖頭，顯然做為在這裡工作的一員，他對複製人的監控裝置還是很有信心的，「況且，這也不是第一次了。」

「不是第一次？這是什麼意思？」

「上次他想算的是第六十四次擲三個六面骰子分別的點數……」

「算概率？」

「不，是點數，確切的點數。」

我忍不住張大了嘴巴，雖然不是理科生，但我還是忍不住驚嘆。「這怎麼算啊？」

「我也看不懂。」姜勤苦笑著搖搖頭，之後猶豫了一下，說道：「保險起見，我事先先提醒一下，你們最好不要在他面前提概率學這種事。」

「為什麼？」

「因為他認為概率是數學的恥辱，是科學對無知的妥協。」

「可複製人的行為監控不就是……」

這話姜勤聽了臉色一變，連連擺手，打斷我的話。「這話更別說！他會直接把你們轟出去的。」

「呃，還有什麼禁忌嗎？」我漸漸感覺到這是一個棘手的人，出於謹慎，便如此詢問。

「你們數學好嗎？」

我苦笑道：「不太好。」

若嵐挑了挑眉，「好的定義是什麼？」

「如果有達到對四色定理有興趣的程度。」姜勤想了一下，信心不足地說道：「我估計他對你們的態度會好一些？」

世界三大數學難題？

我感到自己的額頭冒汗，心想這東西真的和我沒什麼關係啊。

「抱歉，我們應該都不符合條件。」

「沒事，我也就問問。」姜勤擺擺手，顯然他也沒抱什麼希望，「不過，你們擔待點吧，他現在的脾氣……比原來的他更差。」

雖然越聽越覺得鬱悶，可能夠預先做點心理預防，終究還是一件好事。

「那麼，我們現在可以見他嗎？」

「那要不，我們先試試？」姜勤很顯然對他的爺爺充滿畏懼，一副底氣不足的樣子。

若嵐雙手環抱，面無表情，「如果可以，我希望盡快。」

很顯然，她的耐心在下降。這也難怪，她是一個很遵守時間觀念的人，如果被他人扯了後腿，浪費她的時間，恐怕接下來她就不會有太多的好臉色。

姜勤似乎也看出這一點，說了一聲抱歉，便將我們領向一邊。沿著電腦桌一路向前，在盡頭的拐角處停下，盡頭處有一個關著紅色木門的房間。

待走到近處，姜勤對我們擺了擺手，示意我們停下腳步，而他則快步向前，用指節叩響了門，「爺爺，現在方便嗎？」

房間裡沒有傳出聲音。

「爺爺？」

「別吵！我快算好了！」一陣惱怒的聲音傳了出來。

但這個聲音讓我感到意外。

我沒有從聲音裡聽到一點蒼老的感覺，聽上去反而像個年輕人，甚至連那口氣，都像沉迷在電玩裡，對中年父母的打擾充滿不耐煩的態度一模一樣。

姜勤臉上沒有一絲不悅，甚至連尷尬的情緒都沒有，「那個，那天跟你說，有人要來的。」

「有這回事？嘖，讓他們等會兒，我快算完了！別吵！」
姜勤聞言，轉過頭對我們做了個雙手合十狀，以示歉意。「抱歉，看來需要等等，但應該快了。」
於是就只好等了。
等待時間沒有很久，但也不短，我們三個在門外等了將近二十分鐘，就聽到房間傳來一陣整理雜物的聲音，聽上去更多的是紙張或者書籍之類的東西。
「可以了，進來吧。」
姜勤對我們點點頭，然後打開門，站到一邊，示意我們進去。
相比之前那充滿科技感的裝潢方式，面前的房間裡卻充滿了一種家庭式的溫馨。四周是復古式磚牆，斑駁得很漂亮，卻沒有絲毫的粉塵，紅色沙發的褶皺讓人感到親切，書本被整齊地放在書架裡——右半個房間是這樣的。
至於剩下的左半個房間，我覺得自己看到了恐怖的廢棄回收場內部。無數分不清是垃圾還是檔案的東西被堆積在一起，偶爾會露出一些空掉的墨水瓶，或者一些奇形怪狀的尺。我能夠認出量角器、三角尺、直尺之類的東西，但還有一些則認不出來，裡面豎著一個巨大的油性筆黑板，上面寫滿了密密麻麻的公式數字。

而在黑板的另一邊，一個穿著白色實驗袍的青年正拿著一個類似相機的東西對著我們，不知道在做什麼。

「請問你是……」

「喂。」青年放下手上類似相機的器物，皺著眉頭看我：「你為什麼是左腳先踩進來？」

「啊？」我茫然地看著面前的人，完全不明白他為什麼問。

這裡還有走路的規矩嗎？

青年似乎也不在意我到底回不回答，低下頭喃喃自語：「難道又算錯了？從哪一步開始算錯的？」

他好像活在自己的世界裡，低語幾句之後，便把我們拋到了一邊，拿著板擦將黑板上的公式全部擦去，然後奮筆疾書起來。

這……這算什麼？

我看向姜勤，示意他解釋一下。

卻看到他摸摸鼻子，苦笑道：「抱歉，在很多情況下，我根本聽不懂爺爺在說什麼。」

喔，原來是這麼高深的問題，這個人還真……

等等！

爺爺？

我忍不住微微張了一下嘴巴，「這位就是你說的……那位？」

「公司複製的是我爺爺二十五歲的樣子，不過腦部是五十歲時候的他。」姜勤說的話讓我大為驚訝。

青年的神情隱隱帶著一絲桀驁，略顯消瘦的身軀，讓他的輪廓彷彿是被刀鋒削出來的那般平整，而臉部的線條也極為剛硬，看上去冷漠的眸子，讓我感覺不到其中的絲毫善意。

「腦部年齡和身體年齡是可以不一致的嗎？」

「可以，但每個個體都不一樣，目前的技術還沒有辦法普及。如果有大量的實驗資料，針對我一個還沒問題。根據查到的資料來計算，在這之前，我應該死了二十七次。」

舉止怪異的青年，不，姜肅生不知何時放下了筆。在他身後，是大半部都寫上了公式的黑板，「雖然他們都不承認就是了。」

「爺爺，你不要說這種沒證據的話啦……」

「他們看不懂證據怪我嗎？」姜肅生不屑地哼了一聲，「一群猴子。」

姜勤的表情越發尷尬起來，但還沒有說什麼，姜肅生便看向我們，很嫌棄地「嘖」了一聲，「這些人，看著也像猴子啊……」

「呃，爺爺，你也太……」姜勤的臉開始漲紅，顯然他也很不好意思，同時也對自己這位爺爺的行為方式感到了不滿。

畢竟，這是當著外人的面，他感到了羞恥。

「他們懂數學嗎？」

我見氣氛越來越僵，忍不住插嘴說道：「我文科的，姜先生。」

「喔。」姜肅生點點頭，理所當然地下了定義，「這不就是猴子了嗎？但你放心，我不會看不起你的。」

這人到底怎麼回事啊?沒禮貌也該適可而止啊?

若嵐渾身散發著一股冷意，讓我覺得大事不妙，就在擔心她會不會發飆的時候，便聽到她深深呼出一口氣，平復了下來，「姜肅生先生，我對你是否把我們看作猴子並不在意，我們需要你的協助，可以不要再浪費時間了嗎？」

姜肅生眉毛一挑，似乎有點意外若嵐的反應。但他隨即點點頭，也不說話，從一旁胡亂地抽出一張寫了一小半的紙張，然後拿筆寫了起來，最後往我們身前一遞。

我低頭接過，發現上面寫了十六個數字，分成四行四列，周邊有一個大的括弧。

「這是？」

「連看都看不懂？」姜肅生很不滿地瞪著我：「把它解出來，我就幫你們。解不出來，你們就別待在這裡了。」

「啊?為什麼啊？」

「誰讓你踩進門的是左腳？」姜肅生一臉理所當然的表情，彷彿對我竟然有臉問出這種問題而感到驚訝。

我完全搞不懂面前這個人的腦回路是什麼樣的。

可從他的目光看，我可以確定一點——他是真的把我當作一隻會說話的猴子了。

同時，我看到姜肅生瞪著姜勤，惡狠狠地警告：「不許教他們喔！」

對此，姜勤為難地看了我們一眼，最後無可奈何，苦笑著點頭。

第三章
甲屠的閃光，父親的過去

最終我和若嵐都被趕出來了，就因為我們解不出他的題目。

「這種事公司為什麼不去和他做事前溝通呢？這人也太難搞了。」坐在車上，我忍不住吐了點苦水出來，「而且他到底能夠幫我們調查什麼呢？」

「他是資訊技術方面的專家，雖然他是複製人，沒有資格取得任何職稱，但自治市裡能夠和他相提並論的技術人員不會超過三個，而只有他是公司裡的人，並且他還是其中最瞭解複製人的人。」

「他瞭解？我覺得他恐怕不會理解那麼複雜的情緒吧？雖然他自己是複製人。」我回想著今日的會面，覺得對姜肅生已然有了一個大概的印象。

這是一個沉浸在自己的學術研究裡，不在意也不願意在意他人情緒的人。說得好聽點叫自我，說得難聽點……也叫自我。

「他不用瞭解那些情緒，他只要瞭解那些人會怎麼做就好了。」

「不瞭解那些情緒，又怎麼瞭解那些人會怎麼做？」

「所以，他是資訊技術和數學專家，現在在自治市內，如果說到對概率和對AI演算的研究，恐怕沒有人能和他相提並論。」

「可姜勤不是說……他爺爺討厭概率嗎？」

對於這個問題，若嵐沒有回答，但從她的表情來看，我明白自己問了個傻問題。從什麼時候開始，複製人可以僅憑自己的喜好行事了？

不知道讓一個討厭概率學的人成為頂尖的概率學專家，到底要經歷多少事。可隨即另一個疑問誕生了，我不由得想問：「為什麼要複製他？複製別的人不行嗎？或者聘請也行啊，哪怕數學方面的頂尖人才……」

「你不是數學圈子的人，所以你幾乎沒有辦法想像在二十多年前，還沒有因為心臟麻痺而猝死的姜肅生，擁有怎樣的地位。」

「有這麼誇張？」

「因為他，曾經在數學界已經被否定的一句話在當時又被提起了。」

「什麼話？」

「『數學家是天生的，而不是造就的』，知道這句話是出自誰嗎？」

「亨利．龐加萊。」即便不是理科生，我也曾經聽過這句狂傲無比的話。這位法國人被譽為「人類歷史上最後一位數學天才」，對數學的各個領域都有極其深厚的知識底蘊，而相比現代，大多數的所謂數學專家都開始漸漸專注於各自的支系派別，再也沒有出現過如龐加萊這樣精通所有的人。

或許對一般人來說，這個名字實在是陌生，然而提起他對手的名字，一定是無人不知的，那個人的名字叫做阿爾伯特・愛因斯坦。

兩人之間鬥得其樂無窮，愛因斯坦最大的成就之一——狹義相對論的形成，也是建立在龐加萊的研究之上的。甚至有一種說法是：如果龐加萊不是死得早，恐怕相對論第一人的稱號根本輪不到愛因斯坦。

為什麼這麼說？因為「人類歷史上最後一位數學天才」，本身就代表了在數學領域裡，再無可以與他並肩的人，這稱號，可以說是他硬生生從愛因斯坦手裡搶下來的。

「而之所以用這句話來評價他，是因為他在當時被譽為『自治市的龐加萊』，第二人生的AI技術，很大一部分就是建立在他生前的成果之上。」

彷彿是開掛一般的人生啊……

我不由得咂舌。自治市這一個世紀以來，最大的改革成果就是複製人制度，而這個制度是因為有了穩定的複製人監視系統，並且還是不斷自我完善的系統，才能得到通過的可能。

「所以我們的目標，就是說服他去查複製人們的郵件，從裡面找出原始檔案發出的位置以及帳號？」

「是的，如果要追查奧米勒斯教的問題，就必須找到其中心和首腦。沒有這個，什麼都無從查起。可複製人如果沒有自殺傾向，並且不主動暴露，根本沒有辦法知道誰是真正奧米勒斯教的信徒，可如果遞交了自殺申請，他就是受保護的，員警也沒有辦法越過自殺權去審問和抓人，畢竟這是他們唯一的權利。」

若嵐坐在駕駛座上，眉間緊皺，雙手扶著方向盤，微微低頭，給人支撐著身體的感覺。從這個動作上看，顯然她也感覺到了疲憊。「先不說他們之中有沒有核心成員，就算有，因為自殺權的保護，員警沒有辦法逮捕並且拷問，而我們也沒法順藤摸瓜，以前還真的沒發現，奧米勒斯教竟然這麼的……」

竟然這麼的貼合制度上的漏洞。

若嵐沒有說完的話，我將其在心裡補了上去。沒錯，誰又能想到，複製人唯一可憐而諷刺的權利，竟然成了這個教團保護自己最有效的利器？

「總之，回去把那道題學會，看姜肅生的樣子，僅僅把答案抄上去是不夠的……必須要學會解這道題，就在今天晚上，明天我們再來一趟。」若嵐抬起手看了看錶，然後認真對我說：「這道題也許會很難，所以我們必須抓緊時間，先回公司打卡還車，然後你直接下班──我聽你說過你爸爸理科很好？」

「沒錯，是挺好的，好到什麼程度不知道，不過我覺得應該沒法和姜肅生比。」我知道若嵐的意思，可心裡也沒信心，這畢竟是姜肅生出的題目，我可不敢保證我家裡那位老宅男一定會解，「但我可以去試試。」

聽到這句話，車被啟動了──

「如果你父親也不會做，你也沒法解決的話，就通知我，用手機拍照把題目發過來……不得已，我就只好問一下林蕭然了。」

「林專務數學很好？」

「……林家數學都很好，除了我。」

「那為什麼不問他們？」

若嵐聽到這個問題，眉毛皺了一下，面無表情地說道：「我和他們不住一起，不方便。」

這理由鬼才信，不過潛臺詞很顯然就是——不要問。

「喔。」我很識趣地點點頭，但終究還是沒信心，所以忍不住掏出手機，「我還是現在拍吧，題目妳直接拿走好了……」

「你就對你爸爸這麼沒信心？」

「姜肅生太厲害，我怎麼可能會有信心？」

「店長，這一個多月以來，多謝照顧，我先走了。」

「啊……偶爾還是可以回店裡買買東西啊。」

「呵呵，我會的。」

「要不今天一起吃個飯？好歹給妳開個送別會吧！」

「送別會？」

「對，就我跟妳啊……」

「對不起，店長，我今天還有事，以後再說吧……」

以上那慘不忍睹的對話，就在我眼前上演，而更哀傷的是，我還看得到這件事似乎向更悽慘的方向滑落——

「小妍，妳覺得我怎麼樣啊？」

「我覺得你是除了做男朋友以外，什麼都能夠勝任的人呢！」

我看到申屠的背影一下子垮了，好像中了一萬點爆擊傷害。

這一刀真的捅得是又狠又準。話又說回來了，面前這個長相甜美，帶著禮貌性笑容的女生，竟然能夠這麼自然地說出這句話，真的有一副惡魔般的心腸啊……

她絕對是故意的。

在女生離開之後，我看到申屠依舊如雕像那般站在店門口，淒涼的背影讓我忍不住想用手機替他放個背景音樂，於是想到就做，低下頭，在網上搜索了一下後便播出了——

「鄭！修！元！你放什麼不好，放〈二泉映月〉幹麼？我有那麼慘嗎？」

二泉映月的曲風本就透著一股淒涼的味道，而原曲是用二胡拉出來的，更添三分哀傷，在講究哀而不傷的中國古典音樂之中算是一大異類。

因為這曲子聽上去實在太慘了。

聽到這曲子，腦海裡就彷彿會響起李清照的「尋尋覓覓，冷冷清清，悽悽慘慘戚戚」的無限複讀，聽得人想立刻去買根麵條上吊。

「烘托氣氛嘛，接下來不管你是羞憤自殺，還是羞憤自殺，還是羞憤自殺，都是很不錯的背景音樂。」

「……你今天嘴巴很毒啊，吃錯藥了？」

「你這種畢業多年的人，是體會不到再次面對自己最不擅長的學科老師時，所誕生的絕望感的。」

「怎麼了？」

「我恨數學，以及你今天的髮型……怎麼搞的？你知不知道後面整個都翹起來了？」我說完這句話後，就看到申屠傲然地仰起頭，十分風騷地用手指著他今天顯得特別亂的頭髮。「你幹麼？」

「我數學挺好的。」

這句話讓我有點小意外，但也就這樣而已，「所以呢？你想說什麼？」

「你求求本大爺，本大爺幫你解題啊……」

我哈哈一笑，但笑得毫無誠意。「你是被甩了導致精神失常了吧？我認識一名中醫，讓他給你開個兩斤砒霜治一治？」

「不信算了，千萬別後悔啊……」申屠不屑地哼了一聲，轉頭走進店裡。這個態度倒是讓我有點摸不準了。

想想，被我爸鄙視和被申屠鄙視其實區別不大；反過來說，如果申屠做不出來的話，還可以權當逗個樂子。

於是我便跟了進去，掏出手機，將相片調出來，遞給露出「我就知道你會認輸」表情的申屠，「別連題目都看不懂喔。」

「哼，我怎麼可能發生這種丟人的……」申屠一邊說，一邊把目光移到相片上，他的表情突然僵住了。

看來他還真的看不懂啊……正當我準備嘲笑他之前吹的牛時，我發現他表情嚴肅地抬起頭來，「這題目是誰出的？」

「怎麼了？」

「這是線性代數，不算特別難，我解得出來。」申屠這句話讓我有些驚訝，但更讓我驚訝的是他的下一句話。「然而問題不在這裡，而是這道題。我見過一模一樣的，雖然我小時候不會做，但我見過；而且這個筆跡，我認識。」

「你見過？」

「我小時候很喜歡去我外公的辦公室玩，因為裡面有很多好玩的道具，但我外公不喜歡我進去，每次都用一道題來刁難我……說我什麼時候會做那道題了，他就讓我進他的辦公室，可等到我會做那道題之後，他已經去世了。」申屠的情緒看上去有些低落，手卻有些顫抖。「你們……你們該不會把他複製出來了吧？瞞著家屬？」

「申屠，你誤會了，這是……」我突然感到有些心慌，畢竟這件事不僅僅是公司的機密，更重要的是，我實在不希望我和申屠之間存在什麼誤解。

「他是不是姓姜？」申屠沒有聽我的解釋，用他的問題打斷我的話。

「……」

「我想見他。」

「這恐怕……」我本能地就想回絕，因為姜肅生不僅僅是公司財產，更是一個不可以公開的機密，但我看到申屠的眼神時，我實在沒有辦法說出回絕的話。

申屠的眼神沒有憤怒，沒有埋怨，眼中溫度沒有一絲一毫的變化，只是靜靜地看著我。

「這有些難。」

「看出來了。」

「但我願意試試。」

申屠抿著嘴點點頭，然後拍拍我的肩膀，就回到櫃檯裡了。

雖然沒有什麼不愉快，但聊天的氣氛一下子就沒有了，我連草莓牛奶都沒買就離開了便利商店。

我不知道自己這個行為算不算逃跑，但知道姜肅生可能是申屠的外公之後，我感到了兩種愧疚存在。

一種自然是覺得自己有些無法面對申屠。

而另一種，更多的是對自身的羞愧。因為在知道這件事之前，我雖然覺得不妥，卻沒有多少愧疚的感覺，僅僅因為是申屠，我才意識到了而已。

如果不是關係親近的人，難道我就可以無動於衷了嗎？不該是這樣的，我不是為了成為這樣的人才進這家公司的。

而等到我回到家裡，才發現自己竟然忘記問那道數學題的答案。事到如今，再回到便利商店去問，感覺上總有些不適合。

這個心態就有點類似青春期少年摔門而出宣稱要離家出走，走到樓下才發現竟然忘了帶錢包……

總之就是很尷尬。但好在從申屠那裡知道了，這道題可能對某些理工科的人來說並不是特別難，所以我就敲響了父親房間的門。

「誰啊？」

「是我。」

「今天這麼早？進來吧。」

「嗯。」我打開門，看到父親正穿著睡衣，蹲坐在椅子上，頭頂上還戴著睡帽。

「怎麼了？」

「有道數學題不會解，想請你教一下。」

「拿來我看看。」

我拿出手機遞過去後，父親詫異地看了我一眼，「你現在上班還要懂線性代數？」

「只是意外。」

「誰出這種題目給你？」

「一個怪人出的難題而已。」說到這裡，我連忙補充一句：「我不能透露太多，公司規定是不能說的。」

「怪人？」

「不會解這道題，他好像就不願意幫忙的樣子。」

「不會解題就不幫忙？這做事風格……我倒是想起一個人來了。」父親眉毛一揚，但之後又搖搖頭，「不過他應該早就死了才對。」

不會吧？難道老爸認識？

我心中一動，好奇地問道：「誰啊？」

「我以前大學裡跟過的導師，他會去別的導師那裡搶學生，但也會因為討厭某個學生就把他踢給別的教授。滿任性的類型，我被他這樣對待過。」

「為什麼？」

「他搶我去他的小組，是因為我理工成績都還不錯；他把我踢出去，是因為他發現我完全不想念博士，所以很生氣。」

「我可以問問，他叫什麼名字嗎？」

「怎麼了？你關心這個幹什麼？」父親奇怪地瞥了我一眼，「他在圈子裡還是挺有名的，叫做姜肅生。」

「……」

「原來如此，我懂了，他被做出來了嗎？」父親看上去一點都不意外的樣子，他摸著下巴說：「我說呢，當初做第二人生公司的案子的時候，那幾個程式的邏輯習慣怎麼會那麼像呢……」

見他已經猜出來，我也懶得否認了，更多的是為家裡這位老宅男無意中所暴露出的學術背景感到震驚。

我老爸居然這麼厲害？跟姜肅生學過？

「爸你不意外嗎？」

「意外什麼？」

「姜肅生被複製這件事。」

「之前確實沒想過，但現在知道了也沒什麼好意外的。我那位姜老闆的最大對手，是第二人生公司的創辦人林仁凡，他以前也在大學教書的，我當時就是被踢到他那裡去。」父親對我哼了一聲，「不然你以為我為什麼能這麼輕易地接到第二人生的案子？就是靠他的關係啦，當然，現在為他工作我也是打了八折。」

「林仁凡？爸你連他都認識？怎麼沒和我說過？」我心中大驚，同時還帶了點埋怨，想當初如果父親願意透露這層關係，恐怕我還真的可以進銷售部。

雖然現在如果真的讓我去銷售部，我不一定會去。

「幹麼？你老爸當年靠的是自己，憑什麼你覺得自己就可以沾光？」也許是看出我內心的想法，父親嗤笑一聲，「反正這年代餓死比撐死的難度還大一些，為什麼不讓你吃點你本就該吃的苦頭？」

雖然聽上去挺不負責的，但我確實對此無法辯駁。況且，他也確實沒有義務一定要在這件事上出什麼力。

「那蕊兒以後你難道也……」

「開玩笑！那怎麼可能？我要讓她在最短時間成為富婆！這樣至少不會被一些開著瑪莎拉蒂的混蛋給隨便勾搭了去！」

我就不該問這個問題，問出來讓自己心酸的嗎？

於是我轉開話題，「那這道題，爸你沒有問題吧？」

「我沒有問題，但你有。」父親看著我，臉上毫不掩飾其鄙夷的態度。「一個晚上你能不能學會這道題，我很懷疑啊……」

果然，從父親的反應看，如果這道題不是我做出來的，恐怕姜肅生依舊不會放過我。

我苦笑道：「盡力而為啦。」

第二天，我把前一天發生的事和若嵐說了一下，不出所料地發現她的表情不是很好看。

她冷冷地瞪著我：「也就是說，僅僅一天，你就告訴我出現了已經知道姜肅生被複製的人？」

「是。」這還是我隱瞞了我父親的情況，否則若嵐對我的態度恐怕會更加惡劣。

「而且還死活要見他？」

「……抱歉，我怎麼都沒想到會碰到他的外孫。」

「如果拒絕，你覺得他會不會告公司？有沒有辦法用錢搞定？」

「我只能說，他要是那麼在乎錢，就不會這麼吊兒郎當地開便利商店了……至於會不會告，反正如果是我，我肯定會告的。一個人如果連錢都不要，怎麼可能會不要道義？」

聽到這句話，若嵐瞪了我一眼，她知道我對這件事有意見，「如果當初沒有姜肅生參與設計AI程式，複製人會過得更慘，甚至會徹底淪為單純的臟器來源，你知不知道？」

「我知道，所以妳看，我當初也沒說什麼。」我笑了笑，心裡卻在叫苦，「按我剛進公司那會兒，可能已經不知道抗議多少次了吧。」

「那你還在這裡不滿什麼？」

「為何不能不滿？這件事的結果可能是好的，但中間的過程絕對說不上正當和公平。」

「你不可能尋求一切都正當公平，肯定有人會被犧牲。」

「『被』這個字用得真好。」我聽到這句話，忍不住諷刺了一句，但隨即就發現自己的口氣不對，「抱歉，我……」

「不用對我道歉，反正造孽的也不是我，誰會生氣啊？」若嵐擺了擺手，表示自己並不介意，「不過，你確實需要再成熟一些，老是這樣下去，不怕把自己憋死啊？」

「若嵐，妳這輩子有沒有因為摔倒，感覺很疼，所以哭泣過？」

「小時候肯定有吧。」

「那妳現在摔倒，如果和當初一樣疼，妳會哭嗎？」

「……你到底想說什麼？」若嵐本就不是一個很有耐性的人，她更喜歡乾脆俐落，我迂迴的說話方式讓她的眉間起了褶皺。

「我想說的是，所謂成熟，不是感覺不到疼痛，只是理解這種疼痛不會永久持續下去，所以不會哭了而已。並不代表真的無所謂疼痛與否。」

第四章 病毒的郵件，內鬼的可能

我傻傻地看著面前的男人，幾乎沒把他認出來，「大哥你誰啊？」

申屠彈了彈自己胸前的領子，略帶不滿地說道：「幹什麼幹什麼？我偶爾穿得正式一點不行啊？」

他穿著一身黑的西裝，藍色的領結扣緊他的襯衣領，修身的線條連帶著他的站姿也變得筆挺，皮鞋被擦得發亮，走近還能隱隱聞到一股古龍水的味道。

「我只是震驚……」我看著申屠塗著髮蠟、泛著光澤的頭髮，只覺得心中萬馬奔騰而過，不知從什麼地方開始吐槽比較好。

「震驚什麼？」

「突然間看著就像個人了……」我忍不住感嘆一聲，「有必要嗎？你以為是見市長啊？」

申屠仰天無聲一笑，以示對我的鄙視。「見市長我敢穿睡衣出來你信不信？」

「那你至於如此嗎……」

「你也見過他了，我緊張一點很正常啊。」申屠說到這裡，話鋒一轉，「喂，那天沒教你怎麼解題目，你沒問題吧？」

我有點心虛，忍不住從他有些咄咄逼人的目光中別開臉。「如果他不問那道題以外的問題，應該沒事。」

「那就得看他心情好不好了……」申屠嘆了口氣，看我的眼神如同在看一位不知道能不能從手術臺下來的絕症病人。「你最近有沒有去廟裡拜拜啊？」

「廟裡都是煙，我才不去那種地方。」我實在不理解，那種PM2.5絕對超標的地方，怎麼會有那麼多人喜歡去呢？

彷彿只要佛祖保佑，便如同那包治百病的板藍根一樣管用。

「時間差不多了，我們約好的時間差不多就是下午一點，走吧。」若嵐一邊說著，一邊指了指自己的腦袋，「別擔心，就算你弄不明白，我也已經明白了……你爸教得很好。」

是的，為了保險起見，昨天我還在家裡開了遠距視訊，讓我爸同時教了兩個學生。教學結束後，我爸對我的數學天賦露出目不忍睹的表情。

「和別的孩子一比，我倒是想去殘疾人士中心問問……你這算不算殘疾啊？」

我從小到大就是在他這樣的打擊下長大的，雖然已經習慣，但我認為自己選文科的很大原因就是為了不被這個老頭子煩。

誰知道工作後還要面對這種事？

和上次一樣的安檢措施，掃描、搜身、交出手機等通訊設備，填寫了出入資訊。這麼繁瑣的流程沒有讓申屠感到不悅，反而讓他有點好奇起來。

「我外公就住在這種地方啊……」

「申屠先生，我必須提醒您，他是您外公的複製人，並不等同於您的外公。」

「我知道。」申屠有些不悅，但沒有多說什麼。

我知道申屠有些誤會了，拍了拍他的肩膀，「別那麼緊張，她沒有說錯，某種程度上……他和你認識的那個外公差得有點多，你應該從未見過這樣的他。」

「啊？」申屠茫然地看著我。「不是複製的嗎？有什麼不一樣嗎？」

交談間，電梯門開了，早在電梯口等我們的姜勤笑著對我們打了聲招呼，然後神情複雜地對申屠說道：「表弟，不好意思啊。」

申屠挑了挑眉，「你現在說這個有意義？」

姜勤頓時一陣尷尬，一句話都說不出來。從公司角度上來說，姜勤的做法是對的，甚至可以說是職業操守的表率。可做為家人，一直瞞著一位親人被複製，卻沒有讓其他人知道和見面，的確是說不過去的。

「那我帶你們過去吧，他在等，太久不去，一會兒可能又自己玩起來了。」姜勤沒有反駁，而是直接切入主題，顯然也不想在這個問題上多糾纏。

「一把年紀了讓他玩玩怎麼了？他都……」申屠看來是對他的表兄憋了一肚子的火，他哼哼地說著，直到姜勤敲了敲門，裡面傳出一聲讓他有些熟悉的「進來」。

門被打開後，申屠看到姜肅生的樣子時，猛地脫口而出一句：「臥槽，我外公在外面養女人了？」

慘了！我忍不住一拍額頭。

姜肅生的臉頓時黑了，他看向一邊想笑又不敢笑的姜勤，「你沒跟他說？」

「還……還沒來得及。」姜勤乾咳了一聲，他用肩膀碰了碰申屠，「他就是了，別亂說話。」

「啥？就是什麼？」申屠還是一副蠢萌蠢萌的樣子。

就憑你這張破嘴，你今天這一身打扮算是穿給瞎子看了。

「就是你外公啦！」我在一旁忍不住翻了個白眼。「蠢貨！」

申屠露出一個如同漫畫裡那般誇張的表情，嘴裡幾乎可以塞得下一個拳頭。

「雖然挺像的，但我外孫不可能這麼蠢，假冒的吧？」姜肅生面無表情地向門外一指，「讓他滾，以為我是老糊塗了嗎？」

「外公我錯啦！」申屠發出一聲慘叫。

某種程度上，多年不見，突然看到了這樣的年輕人，這一句外公還能喊得那麼順溜那麼毫不猶豫，申屠顯然一點節操都沒有，完全不考慮會不會被騙。

「誰是你外公，滾！」

「外公我會解題！」

「喔，那過來試試……」

「喔……」

這段畫面劇情轉折之快，讓我有點跟不上節奏，心中也恍然大悟，也只有這樣近乎異常的家庭，才能養出像申屠這麼不要臉的人。

「你們在這裡幹麼？出去！」姜肅生瞪了過來。

我剛想說我們是預約過來的，就被旁邊的姜勤扯了扯袖子，於是只好閉嘴，和若嵐一起跟著姜勤出了門。

「真巧，沒想到你還認識我表弟。」

「我也沒想到他會和姜先生你是親戚。」我想了想申屠平常嘻笑怒罵沒臉沒皮的樣子，實在很難把他跟這樣的科學家庭聯繫在一起，「確實很巧……而且看起來，他和姜先生的關係很好？」

「在我爺爺生病去世之前，申屠一直是我爺爺帶的，所以自然感情挺好。」

「姜先生帶孩子？」我有些難以置信，就那個科學怪人，他會帶孩子？他女兒就不怕他把孩子養成綠巨人嗎？

「嗯，雖然更多的還是我奶奶在照顧，但我爺爺身在其中，肯定也要帶一帶的，雖然他不是很喜歡這項工作。」

「他不喜歡孩子？」

「嗯，確切地說，他不喜歡笨孩子。能夠快速學會他教的東西的孩子，他還是能親近的。」姜勤指了指自己的鼻子，苦笑道：「像我就屬於笨孩子了。」

「那申屠呢？」

「我爺爺最喜歡的就是他了……他小時候參加數學競賽，每一回都是得獎的。」

「真的假的？」我忍不住回頭瞥了一眼那扇緊閉的木門，「他這麼厲害？結果現在去當便利商店老闆？太委屈了吧？」

「各人有各自的際遇吧，也沒法說什麼，雖然我承認他不走這條路是挺可惜的。」姜勤點點頭，猶豫了一下之後，面露難色看著我。「然後，我想拜託你一件事，不知道方不方便，鄭先生。」

「叫我修元就好，請說。」

「好的，修元。」姜勤小心翼翼地看了一眼那扇門，確認他們一時半刻不會出來後說道：「能不能幫我勸勸他，回大學繼續學吧……」

「我只能說我會試試。」我雖然將這事答應了下來，但也就是和申屠提一下，最後決定還是在他。畢竟決定人生這種事，最終是面對自己。

申屠和姜肅生大約在門裡待了半個小時，最後我聽到門鎖發出「咯」的一聲輕響，門開了，露出申屠悵然若失的臉。

「怎麼了？」我看到他神情不對，忍不住詢問。

申屠看著我欲言又止，但最終還是搖搖頭，「沒什麼，你們進去吧。」

我還想再問，卻被若嵐打斷。「我們的時間不多，還有很多事要查。」

我點點頭表示瞭解，但臨走之前我還是對申屠說道：「如果沒事的話，你先別走，今天和我一起回去，OK？」

申屠看了一眼在旁邊等我的若嵐，點點頭，「行。另外，我和他說過了，你放寬心，他不會太為難你們。」

我和若嵐對視一眼，心想這倒是意外收穫。

「謝謝。」若嵐的表情頓時緩和了不少。看來就算是她，碰到這樣的複製人也是感到分外頭疼，「但由於姜先生的特殊性，請您對今天的事務必保密。」

申屠點頭說好，配合的樣子也讓我鬆了一大口氣，否則這兩位在這裡吵起來的話，我也不知道該怎麼辦了。

當我和若嵐走進姜肅生的房間，就看到他瞪著我，「你就是那個和我外孫認識的小子？」

「呃，是的。」

「都讓他不要和數學不好的人玩，這孩子真是……」姜肅生一臉「真拿我家孩子沒辦法」的表情，彷彿教了五年都教不會孩子穿褲子一樣。

啊，好想打這個混球一拳，不行，我要忍。

接下來我又看了一眼他身後如同垃圾場一般悽慘的半個房間，只覺得額角微微一跳，差點就忍不住吐槽了。好在還記得有求於人，連忙深深吸一口氣。

別暴躁，修元，千萬別暴躁！

「題目做完了嗎？我看看。」姜肅生向我和若嵐勾了勾手，我略帶緊張地把寫好的過程和答案遞過去。

他同時接過我和若嵐的答案，掃了一眼，略帶訝異地揚了揚眉毛，「誰教你們的？」

若嵐眉頭一皺，「怎麼？難道我們做錯了？」

「這解法很不老實，跳過滿多步驟的，不過確實簡便……這解法是某個沒出息的小子想出來的，雖然也是有可能被別人想到，但我還是姑且問一下……」姜肅生瞇起眼睛，盯著我們兩個。「……鄭齋那小子是你們什麼人？」

「是我父親。」驚訝於姜肅生的敏銳，我舉起手老實地回答。

「啥？鄭齋那小子居然有人要？」姜肅生一臉難以置信，彷彿三觀盡毀，最後嘆了口氣，「我以為他這輩子只能等人工智慧出來才能買個老婆呢……」

雖然我很認同他的觀點，但是——你這個科學怪人有臉說他嗎？

「不過他居然有個不會數學的兒子，這是他不讀博士的報應嗎？」姜肅生一臉幸災樂禍，他好像是真的高興我不擅長數學的樣子。「行行行，看在我們還頗有淵源的分上，這次就幫你們好了。」

雖然他能這樣就答應幫忙確實很好，但還真的有點感到火大。我一下子可以理解我爸不想在他手下繼續念博士的原因了，絕對會忍不住掐死他的。

「要查奧米勒斯教是吧？」姜肅生向我們勾了勾手，一邊走向另一半被整理得整潔和溫馨的房間，「過來。」

姜肅生走到一座大書架前停下，雙手扳住左側，用力往右邊一拉……

一臺嵌入式電腦出現在我們面前，隨著書架如同拉門一般滑開後，電腦的電源燈自動亮起，正式進入開機狀態。

「昨天我已經查過一些東西了，現在就給你們看看吧……」

螢幕上出現了無數由六角形組成，如同蜂巢一般的綠色格子由中心的一點蔓延開來，隨後畫面一轉，平面的網狀格子開始變成3D，不僅四面八方，連上下也開始蔓延，密密麻麻的線條讓我看不清裡面到底構成了什麼樣的形狀。

「你們想查的，就是那些郵件是由誰，或者是從哪裡發出來的吧？」姜肅生似乎早就知道我們想問什麼，「你們查奧米勒斯教，為什麼會想要從郵件上著手？」

若嵐回答：「因為根據調查的結果，奧米勒斯教目前只透過郵件來吸收信徒……」

「誰調查的？」

我和若嵐微微一怔，對視了一眼。「是複製人監察廳的調查，而且因為是政府機關，相信也有警察方面的技術協助……」

「喔，原來你說的是那群猴子啊……」姜肅生一臉恍然大悟狀，「他們除了找複製人的麻煩，竟然還會調查？真是群有上進心的猴子。」

你說的猴子總共有幾群啊？

我肚子裡邊吐著槽，邊問道：「姜先生，您的意思是，他們調查有誤？」

「我就問你，最基礎的數學原理你總知道吧？」

「知道。」這種國中的基礎知識，就算是我這種不喜歡理科的文科生，也是考試的範疇，所以雖然討厭，還是有必要學的。

「既然知道，那就應該明白，代數的原理，是由於不知道某個答案，所以當作這個答案是已知的，把它放入一個成立的式子裡，這算是基礎中的基礎。」

「所以？」

「所以，大幅度的自殺率增長，就等於是依靠郵件下了指令，並讓複製人中的全體信徒服從嗎？你們居然覺得這個等式是成立的？」姜肅生看著我們，冷笑著嘲諷，「如果你們腦袋裡不是空的，那就麻煩用用裡面的東西，否則你們是想從猴子退化到三葉蟲嗎？」

被姜肅生連損帶罵的，我也不由得感覺到臉開始變得發熱，微漲。「這很可能不僅僅是一封郵件，根據調查的結果，分析認為奧米勒斯教的電子郵件裡藏著暗號，所以才可以如此大範圍地……」

「我也是複製人，我怎麼不知道還有這種暗號似的鬼東西？」姜肅生毫不掩飾地對我翻了個白眼。「然後連我都看不懂的東西，其他複製人卻有那麼多人看懂了？這世上有這麼不科學的東西嗎？」

也對，做為數學天才的複製人，如果出現連他都看不懂的暗號，而其他人卻看懂了，根本不合邏輯。

難道問題不在郵件上？

身邊的若嵐也思考著，然後她的表情變得沉重起來。「那您的意思是，我們的調查方向是錯的？郵件只是轉移注意力的障眼法？」

我懂她的意思，如果做為當前唯一調查方向的郵件只是一個誘餌，那麼就代表在這之前的一切努力都是無用，我們一切都要從頭查起。

「那也不見得。」姜肅生指了指螢幕，那一個個被線連接起來的點，「至少郵件傳遞的方式還是有些技術在內的。」

「您看出這是什麼技術了？」

「昨天看了一下那封郵件，挺有意思的。簡單地說，就是一個至少含有『區塊鏈』概念的郵件病毒。」

「區塊鏈？病毒？」

「去中心化的病毒，很有趣吧？」姜肅生摸著下巴，饒有興趣地說著，但看到我一臉茫然的樣子後，嘆了口氣說道：「好吧好吧，我再解釋一下。所謂區塊鏈技術，是出自一位叫做中本聰的人所創造的虛擬貨幣，這種貨幣的意義並不在於它是電子貨幣，而是它源自一個很大膽且瘋狂的想法，這個技術被稱為區塊鏈技術。

你知道，雖然我們現在不管是使用電子貨幣，還是現鈔，都繞不過中央銀行的控制。政府覺得市場上錢太少了，就加印增發，覺得錢太多，就採取不發或者提高銀行的準備金率之類的措施，誇張一點，甚至還有做假帳的……也就是說，錢這個東西一直是被政府控制，貨幣的中心，就是中央銀行。

但是去中心化的貨幣，意思就是沒有中央銀行，知道這意味著什麼嗎？」

我早就被這一堆莫名其妙的解釋說得暈頭轉向，茫然地搖頭，甚至忍不住誕生了一個想法——我難道真的是隻猴子？

「意味著，那個貨幣沒有辦法被任何一個人，任何一個機構有效地控制，一切規律全憑市場以及技術革新的演變。去了中心化，沒有人能夠知道對面那個和你交易的人從哪裡來，到哪裡去，那筆錢到底是乾淨還是不乾淨，也沒有辦法做假帳，因為一旦交易成功，出現在公共記事本上的資訊，所有人都看得到，也不能再更改……沒有了銀行掣肘，國際上的轉帳只需要一分鐘，也因為這樣，幾乎所有國家都抵制這種虛擬貨幣的存在，因為這嚴重影響了國家對於經濟的掌控，對銀行的打擊幾乎是毀滅性的。」

「您的意思是，這個郵件之所以查不到，是因為這個郵件根本就無法控制嗎？」我瞠目結舌地看著密密麻麻散布在螢幕上的點。「可按照您的說法，區塊鏈應該只能應用於自己的使用範圍吧？就像外國無法直接控制我們的貨幣一樣。」

「所以我說這是病毒啊。這個病毒主動尋找使用者郵件信箱的聯絡簿，然後將自己增殖複製出去，而且有趣的是，他的方向還是定點的。」姜肅生似乎對這個病毒的研發者很欣賞，笑容滿面地誇讚，「真有創意啊，對不對？」

若嵐臉色難看，冷冷地回了一句話：「姜先生，這是一個宣導自殺的邪教組織。」

「得了吧，你們這種連死都沒法讓人隨便死的公司才更像邪教呢。沒有你們，這種邪教根本沒有誕生的可能。」姜肅生一臉厭惡地揮了揮手，犀利地把若嵐頂了回去。

他說得沒錯。

如果不是這個社會控制了複製人的生死，又哪裡會有這種以自殺為最終目的宗教？

可話雖如此，我也必須承認，在現階段，複製人權利得不到保障的情況下，自殺的監控是一種沒有辦法被代替的方法。「姜先生，雖然如此，但如果沒有這方面的控制，恐怕自殺率會飆升，甚至對複製人實行謀殺的案件數也會增多，因為多了有偽裝成自殺的可能。」

「小子，你有沒有發現，不管在哪個地方，總有一些地方是當地的地方特色，可去的都是一些外地人，而不是本地人，甚至本地人根本就沒有去過……你知道為什麼嗎？」

「……」我一下子沒有辦法回答這個問題，但卻已經覺得自己隱隱摸到了答案的邊。

而這個答案的邊際，反而讓我覺得牙關緊咬，一句話都說不出。

姜肅生看著我的臉，充滿譏諷地笑道：「沒錯，因為外地人平常沒有機會去，所以他們想方設法地去了；而本地人，他們覺得他們想去隨時都可以去，所以反而拖著不去了。」

「……」

「看在你是那個沒出息的小子的兒子分上，還有看在你是我外孫的朋友分上，我明白地告訴你這世上最淺顯不過，但你們都不願意去看的事。」姜肅生將略顯枯瘦的手隨意地插回白色實驗袍口袋裡，他看向我的目光，充滿了一種無法釋懷的厭惡和痛恨，「一個公式裡，只有那個還沒有求出來的代數才最吸引人，所有可能裡，只有被奪走的那個可能，才會變成所有人的執念……就是因為你們不許可他們自殺，所以大家才會想『憑什麼不可以自殺』這件事。

你以為我為什麼說你們的公司和邪教相似？是，你們是救了一些人，但也因為這樣，你們讓一些本來沒想死的人，變得想要死了。你們救了一些人，卻讓更多的人生不如死！」

果然，姜肅生對公司懷著深深的憤恨。

此刻，看著他雙眼的我，有了確信，同時第一次感覺到，他並不是一個只知道研究的科學家。

「姜先生，我們沒有太多的時間可以浪費，請您繼續分析奧米勒斯教相關的事。」若嵐打破房間中已變得僵冷的氣氛。「我們需要更多有用的資訊。」

姜肅生哼了一聲，看上去似乎也不想在這個話題上糾纏了。「每個複製人的電子郵件信箱都是在出場後，進行身分綁定，登入設置是經由第二人生公司的視網膜檢測確認之後，才能進入介面收取信件。這些是複製人的郵件信箱節點。」

螢幕上的許多小點隨著他的話，以及他雙手在鍵盤上的操作，出現了顏色的區分，少部分的紅色被特別鮮明地點了出來。

「而收到郵件的，是這些。」話音一落，大範圍的黃色光圈出現在一些節點上，不僅將複製人的節點包含進來，還將一部分一般人的電子郵件信箱也包含了進去，並且不斷閃爍，似乎還在不斷蔓延。

「所以顯而易見……」姜肅生嘿嘿冷笑，臉上帶著鄙夷，「是你們公司的內部有問題。」

「啊？」我微微一愣之後，反應過來他是什麼意思。「你是說我們洩漏所有複製人的信箱地址給別人？」

姜肅生聳了聳肩，輕描淡寫地說道：「也有可能是你們公司內部的人本身就是這個宗教的人。」

「可是接收到這些郵件的也不僅僅是複製人，還有一般人也會收到。」

「……你沒發現一般人有這資訊的並不多嗎？」

「已經比複製人多了吧？」

「蠢貨！不說全世界，光是自治市人口就是兩千萬，複製人才多少？兩萬多而已，千分之一的特殊人群完全被覆蓋，而一般人才被覆蓋了多少？這是單純的誰多誰少的問題嗎？動動腦子吧拜託！你受教育的水準是胎教嗎！」姜肅生忍不住指著我的鼻子大罵，損得讓我恨不得找個洞鑽進去。

「另外，我剛才說了，這個郵件的病毒帶著區塊鏈的技術概念，所以它沒有辦法被刪除，沒有辦法被修改，但是所有得到這個信件的人，信件卻沒有增多，而是信件的內容不斷被更新了。」

「等等，既然沒有辦法修改，為什麼信件的內容可以更新？」

「總算問到關鍵上了。」姜肅生臉上的怒容微斂，點點頭，「昨天我把自己所有的郵件都刪除了，只留下這個病毒檔。」

「有什麼發現嗎？」

「這個郵件在信箱裡占了 200MB 的容量，而我把其中的附件下載下來，卻連 10MB 的大小都不到。」

「您是說……」

「沒錯，這個郵件雖然在自我更新，但因為沒有辦法刪除原來的資訊，就乾脆把歷史資訊不斷覆蓋和隱藏起來了，而它每更新一次，相當於把收件的時間也更新了一次，這就造成了一個後果——所有人都找不到最初發的檔是從什麼地方出來的了。」姜肅生又讚嘆了一聲，滿臉欣賞，搖頭晃腦地說道：「想出這法子來折騰人的傢伙簡直是個天才，如果你們抓到人，帶過來讓我見見啊……」

讓你見見然後兩個人一起商量怎麼毀滅世界嗎？

我心裡腹誹，臉上卻苦笑著點頭。「前提是我們能夠找到人的話。」

若嵐皺眉沉思良久，然後抬起頭，眼神犀利。「姜先生，您能不能破解郵件信箱裡的病毒檔？如果能解開歷史記錄，那就可以找到最原始的……」

姜肅生發出一聲不屑的嗤笑。「我剛才說的話看來妳沒聽懂啊！」

「什麼意思？」我一看若嵐的表情不對，連忙接了上去，想分散一點火力。

「都說這是以區塊鏈為概念的病毒了，它沒有中心，你怎麼知道我就是第一個收到這個郵件的人？」姜肅生那憐憫的目光好像在看我是一個身殘志堅的智障，「這個法子要貫徹到底的話，就要在兩萬多個複製人的信箱裡找到那封最初郵件……你們是準備等到自己從猴子進化成類人猿嗎？」

聽到這段話，我還來不及因為他的譏諷而羞憤，腦海中卻突然間靈光一閃，連忙問道：「那如果，我是說如果，不需要破解，只要找到擁有最大容量病毒郵件的那個郵件信箱，這樣可行嗎？」

如果說郵件的歷史內容只能隱藏和覆蓋，那麼只要找出擁有最大郵件的郵箱，便能縮小懷疑的範圍。

不管如何，這是邁出的第一步！

姜肅生微微一愣，略帶訝異地看了我一眼。「行，還有點小聰明，這倒是可行，不過你要失望了，因為這件事我已經做過了。只撇除了兩千多人的郵箱，你還是擁有差不多兩萬人的懷疑範圍。」

第五章 喝醉的申屠，出走的人們

夜幕降臨，在家裡附近的一處小酒館裡，我和申屠靠著窗邊坐下來。此刻已經晚上六點，店裡的人開始逐漸變多，外面的霓虹燈閃爍不定，把街道照得夢幻起來。

我看著正盯著外面女生雪白大腿的申屠，笑著問：「想吃什麼，今天我請客。」

「想吃腿。」申屠用超級浮誇的色迷迷表情看著窗外，十分專注地說道。

我頓時哭笑不得，按了服務鈴，點了一盤油淋雞，一盤乾鍋高麗菜，再加份麻婆豆腐和青椒肉絲，算是點完了菜。

「要喝點什麼？」

「酸梅汁就行。」

「最後再加兩人份的酸梅汁，謝謝。」我將菜單合上，對服務生微笑說道。

「好的，請稍等。」

待服務生走遠，我便開口問了今天一直放在心裡的疑惑。「你外公和你怎麼了？我看你出來，情況好像不大好。」

申屠聞言，臉上色迷迷的表情僵住了，他轉過頭看向我，嘆了口氣，然後突然舉起手大喊——「服務生！」

聲音之大，嚇了我一跳，不遠處的服務生也忍不住手一抖，差點就把手上已經空掉的飲料杯掉在地上。

「先生您好，請問有什麼需要嗎？」

「麻煩把剛才點的一份酸梅汁換成生啤。」

「好的，請稍等。」服務生耐性很好地點頭，然後轉身離去。

我忍不住問：「你發什麼瘋？」

「酒後吐真言嘛……」

「……」

申屠看著女服務生的背影走進廚房，滿臉嚮往。「我敢說啊，剛才她對我說『先生您好』的時候，心裡想的應該是『仆街去死』，但你看她笑得還是挺溫柔的，服務態度真好啊，你說是吧？」

「申屠，你……」

「等我忍不住了再說。」申屠打斷我的話，表情認真地說道：「我現在，還不想說這個。」

我一愣，自然只能點頭，「好。」

待餐館裡開始瀰漫食物的香氣，還有二手菸的味道時，申屠已然喝了三大杯冰啤酒，臉色微紅，精神百倍地跟我聊天打屁，滿嘴跑火車，一會說下次絕對找個像瑪麗蓮夢露的便利商店店員，一會又愁眉苦臉地說再這麼下去便利商店恐怕撐不過半年。

店裡的聲音開始嘈雜，氣氛熱了起來，導致我和他聊天的聲音也難免越來越大。

「你說，我店裡招到現在，哪個小妹最正點啊？」

「都不正點！你最正點！」

「靠！我把你當兄弟，你居然想上我！」

「去死！我是想笑死你繼承遺產！」

「啊哈哈哈哈！」

「啊哈哈哈！」

「我覺得我外公過得不開心。」

周圍的嘈雜聲彷彿在一瞬間遠去，變得隱約，只剩下申屠略帶沮喪的聲音。

「但我看樣子是沒法幫他了。」

「哈哈哈……呃。」我剎住了傻子一般的笑聲，僵著笑臉看著申屠。「是嗎？他對你說的？」

「沒有，但你覺得這還用他說嗎？」申屠的臉因為喝了幾杯酒而開始顯出淡淡的紅暈，他打了個酒嗝，「他都被複製那麼久了，卻從來沒跟家裡人聯絡過，雖然他脾氣怪怪的，但也不至於這樣啊……」

「……」

「你們軟禁他，對吧？」

「對不起，我實在不知道……」

「你知道也沒用啊……」申屠打斷我的話，頭一仰，又一杯啤酒被他灌下肚，而後他陶醉地呼出一大口氣，笑嘻嘻地對我嘲諷道：「你不吹牛會死啊？少這麼一副你知道就可以改變現狀的態度了！」

我苦笑著，啞口無言，他說得沒錯。我知道又能如何？拿著刀去脅迫公司上層讓他們放棄冒著巨大風險才擁有的複製人嗎？

「我沒怪你，一點怪你的意思都沒有，修元。」申屠擺擺手，表情似乎無比的豁達，一切皆不放在眼裡的臭屁樣。「再說他都死了，複製出來，還能保留原來的記憶，身體年齡卻和我差不多，算是這老頭子賺了！嘿美女！再給我一杯啤酒！」

申屠很不客氣地繼續要啤酒喝，那有點瘋瘋癲癲的樣子讓我看得難受，

「……」

「你知道我外公說了什麼讓我這麼難受嗎？」也不等我回答，申屠從服務生手上再次接過一杯啤酒，「他說『我孫子已經變得不像孫子了，現在連外孫都變得不像外孫了……』他說這句話的時候表情很失望。」

「……」

「可在我眼裡，這外公也變得不大像了……哪有比外孫還帥的外公的？」申屠憤憤地咒罵了一句，但我沒聽清楚他罵的是什麼，「哪……哪有被關在籠子裡和白老鼠一樣的外公的？」

他又罵了一句，這次我聽清楚了，他說的是「畜生」。

這「畜生」二字罵的到底是誰，我分不清，也不太敢去分，因為我覺得自己在這件事裡也扮演著不光彩的角色。

「修元。」

「嗯。」

「你們……不會想要就這麼關他一輩子吧？」

我本能地就想說當然不是，可看到他的眼神，這句話我怎麼都說不出口，「我不知道，申屠，我真的不知道。」

「那就是要他死了？」

我低下頭，不敢與其對視。「……我覺得，公司不會讓他死的，他是無可替代的特例，實驗很多次才留下的，很可能無法複製。」

「這聽上去，還不如死了呢。」申屠冷笑一聲後，問出他關心的問題，「什麼特例？」

「就是擁有全部的記憶，但身體卻維持在青年時期的特例。公司為了複製出這樣的他，聽說投入了天文數字。」

「如果我打官司，能不能把他要出來？」

「……」我下意識地抬起頭，發現申屠的雙頰微紅，眼睛瞇起，但似乎一點被酒精影響了的跡象都沒有，他的目光還是很清澈，「申屠，你……」

「你先別急著否決，我只要你思考之後，老實告訴我，這件事到底可不可行？」

我想了想，最終在申屠失望的眼神中搖了搖頭，「不行。」

「能告訴我為什麼嗎？」

「我先不說你有沒有那個錢和時間去和公司耗著打官司，就算你贏了，也不等於你可以把你外公接出來。」

「為什麼？」

「你只能告第二人生公司隱瞞家屬研發複製人，並提出賠償，但你沒有權利讓他們交出自己的科學成果，你只能得到經濟上的賠償。在這種情況下……強制回收是最有可能的結果，也就是說，你的律師函就等於是你外公的催命符。」

「法院沒有可能將我外公判給我嗎？」

「我不能說沒有這個可能，但更有可能的是，公司意識到自己會輸的那一瞬間，他們會希望回收當年的一部分成本，也就是你外公本身的科學價值，還記得嗎？我說他是特例，並且可能無法複製，也就是說，他就是一個極具研究價值的實驗材料。」

說到這裡，我也覺得自己的思考太過喪心病狂，忍不住苦笑：「當然，我只是把比較糟糕的結果告訴你，也許還有意料之外的結果，但就目前而言，你將你外公帶回去的可能性還是很低的。」

申屠的反應出乎我的意料，他沒有失望，也沒有憤怒，而是滿臉疑惑地說了一句——

「這和他說的……不一樣啊……」

「什麼不一樣？」我好奇地問道。

申屠一怔，猶豫了半晌終究還是搖了搖頭，「算了，沒什麼。」

見他不願意說，我自然也不好深究，只好點點頭表示理解。結果倒是讓他又解釋了一句，「會告訴你的，只是不是時候而已。」

玩笑已經開完，沉重的話題也已經說完，我和申屠一下子陷入沉默，正當他準備再叫一杯啤酒時，我勸住了他，看著他酡紅的雙頰，認真地勸阻：「少喝點，你差不多了，醉了可怎麼辦？」

「我這輩子就沒醉過，這方面我很有把握的。」

我這輩子聽過很多人這麼吹牛，但往往最後他都被人背回家，而一般說出這種話的人，很多就已經處於醉酒的狀態了。

但唯獨申屠，我覺得他說的是真的，他此刻說的話並不高昂和驕傲，看上去只是淡淡地訴說一個事實。可即便如此，他的狀態真的不太好，所以我還是繼續勸阻，「就算你有把握，也不能這麼……」

「所以今天我想醉一次。」

「……」我愣住了。

「麻煩到時候把我送回店裡。」

「……好。」

「雖然喝醉了，但別夜襲我喔。」

「……先不說性別，首先我對一身酒氣以及衣冠不整的人就下不了手。」

申屠如他所說的那樣，一直喝到醉了為止。而他喝醉的樣子出奇的老實，甚至比他平常吊兒郎當的樣子更沉穩，話變得越來越少。

從他身上的口袋掏出鑰匙，打開鎖著的店門後開燈，吃力地扶著這位滿身酒氣的老兄進了店內的休息室，把他丟上床後，再脫掉他的鞋子，披了一層毛毯在他身上。

時間已經入夜，我拉上窗簾，出門後替他鎖上店門，至於手上的鑰匙，苦笑了一下，明天早上早點出門再拿來還他吧。

雖然已經到了晚上十點，但好在這裡離家並不遠，很快便到家了。因為時間太晚，所以我並沒有按門鈴，用自己的鑰匙開了鎖，進去之後卻忍不住微微一愣。

母親似乎也剛回來不久的樣子，父親正幫她把行李箱塞回儲藏櫃裡，蕊兒抱著母親撒嬌，見我回來了，她把母親抱得更緊，同時狠狠地瞪著我，彷彿怕我搶了過去。

「今天回來怎麼那麼晚？」母親問道。

「和別人吃飯，所以晚了些。」蕊兒朝我探過頭，吸吸鼻子，很嫌棄地作嘔吐狀，「喝酒了？一身酒味！」

「別人喝的，我只是陪著。」我解釋了一句以後，笑著問母親，「怎麼樣？這些天玩得如何？」

「挺好的，住宿和食物都不錯，而且還是免費的。」

「免費的？誰請客了？」

「沒有啊，是複製人沙龍自己的資金。」

嗯？

我隱隱覺得奇怪，但還是搖搖頭沒追問。「我先去洗澡了，身上味道重，有點受不了。」

「那水是我放的！我還要泡澡呢！」蕊兒不滿地對我大叫。

「那就謝謝妳替我放水啦！」我哈哈一笑，進自己房間拿起睡衣，不顧她的反對進了浴室，然後關上門，聽到門外母親溫和的勸解和蕊兒的抱怨。

脫光了衣服，打開浴缸上保溫用的捲簾蓋，水氣帶著溫度飄了上來。我一腳踩進去，忍不住皺眉，雖然早有預料，但真的比我想像得要燙一些。

蕊兒總喜歡用較熱的水。

於是我就在浴缸裡泡了一下腳，適應一下溫度後，才將身體緩緩地浸了進去，讓水淹過了胸口，在脖子處停下來。

勞累分很多種，有些勞累在當下就能感覺到；但有些勞累，只有像現在這樣放鬆的時候才能察覺，那如同潮汐一般不知不覺漲上來的疲憊，以及靈魂深處的無力。

而就算這樣，就算知道自己應該好好休息一下，卻還是忍不住讓大腦漫無邊際地在思考的迷宮中暢遊。

姜肅生懷疑公司內部有人幫助奧米勒斯教……

奧米勒斯教的謎之中心……

讓人無法理解的傳教方式……

還有那詭異的教義……

突然，我泡在浴缸裡的身體猛地一顫，水花微蕩間，想起曾經陸桑也被懷疑是奧米勒斯教的信徒，而若嵐當時懷疑她去夜店的理由，是為了毒品「德魯斯」。

難道傳教的地方，是在某些複製人酒吧嗎？

不，在這之前，為何懷疑陸桑是奧米勒斯教的信徒，就自然而然地懷疑她會去尋找「德魯斯」？

如果逆向思考，是不是「德魯斯」這種毒品，不是奧米勒斯教的信徒，就不會去追尋？

「德魯斯」真的存在嗎？如果存在，它又掌握在誰手裡？

我越想越是混亂，為了理清思路，我從浴缸裡站起，在浴缸邊清洗，擦乾，穿上睡衣，吹乾頭髮，和家人打了聲招呼就進了房間。

打開已經有一陣子沒有開的電腦，在網路書架裡搜尋《從奧米勒斯城出走的人》。

如果要瞭解奧米勒斯教，那麼最好從背景上開始著手，首先第一個問題就是——為什麼偏偏是奧米勒斯教？

看看那些邪教名字，非常的淺顯易懂，比如奧姆真理教，比如人民聖殿教……為什麼偏偏是「奧米勒斯」這麼拗口的名字？

而且誰會那麼兒戲，把一本虛構的短篇小說當作一個宗教基石最重要的組成部分？編寫出教義後還和原版的小說一起放在郵件裡，這合理嗎？

就連運作方式，根本看不到一個野心勃勃的宗教前瞻性。哪有不收錢的？彷彿這個宗教就是打算隨便玩一玩，把教徒都弄死了就算完成任務……

等等！

如果……這個宗教根本就沒有長遠的打算呢？可這個猜想的根據還不夠，還需要更多的資訊。

如果要查，該怎麼查？

一件事如果要敘述完整，那麼必然要有時間、地點、人物、事件……

因為病毒郵件的關係，至今不知道奧米勒斯教的中心，地點自然是不知道的。至於人物，目前也僅僅是懷疑公司內部有人在幫助奧米勒斯教，至於事件……

讓這麼多人出現了自殺傾向，雖然現實中的壓力也是一個因素，但毫無疑問這是一種極惡質的洗腦。

剩下的就是時間……

一道靈光突然在腦中亮起！

我怎麼之前就沒想到呢？笨！

既然郵件因為自我覆蓋導致沒有辦法查清楚時間，那複製人呢？

我一邊查小說，一邊撥了一通電話給今天晚上還在加班的程源。

「怎麼了修元？」

「有點事需要你幫忙查一下。」

「拜託，我這邊已經加班熬夜了，放過我啦。」在電話那頭程源忍不住苦笑，「我這個禮拜都是凌晨才回家，我老婆臉色已經很不好了……你猜猜她今天在我的便當盒裡放了什麼？刀片！是刀片啊！」

這段時間公司陷入了公關危機，程源的工作裡，其中一項就是負責各方面的聯絡，自然忙得不可開交。

「哎，我也知道你忙，但我們這邊也在努力。如果順利的話，你的工作量估計也不會那麼多了，互幫互助，下次請你吃飯啦拜託！」
「那你說，查什麼？」
「我這裡有一份名單，一會兒傳給你，撇除了兩千多個複製人，還剩下差不多是兩萬名複製人的郵件信箱。把這些人的資料查一下，看看生產最新的一批複製人是什麼時間的，查到了告訴我一聲。」
「喔，是查這個啊……」程源輕吐了口氣，宛若放下了一顆大石。「那倒不麻煩，很快的，我排一下表就好，你不用掛電話……稍等。」
大約過了不到五分鐘，程源便把時間告訴我，那個時間讓我有些驚訝，最後道了一聲謝，便掛了電話。
居然只有兩年？
擁有最大容量病毒郵件的複製人裡，最晚的一批生產時間是兩年前的四月份。也就是說，很有可能奧米勒斯教成立也僅僅只有兩到三年之間而已。
加上之前奧米勒斯教沒有長遠計畫的猜想，我越發覺得——這個宗教問題重重。

這個宗教比起別的宗教，除了實在過分神祕之外，可以說是根基不牢固到可笑，近乎一幢沒有打地基的房子。沒有足夠吸引資金的手段，也沒有大範圍且顯眼的傳教手段，讓人擁有自殺傾向的極端教義……

為什麼要這麼急呢？為什麼不多考慮一下再開始發展呢？

兩年前後有發生什麼關於複製人的重大事件嗎？

算了，先放一邊，我還是先把這個《從奧米勒斯城出走的人》看完再說。這本小說並不長，是美國科幻小說家娥蘇拉·勒瑰恩寫的一部反烏托邦的諷喻小說。通篇講述的是三個部分的不同景象。

第一部分是極盡筆墨描寫奧米勒斯是一個完美到無以言語的城市，這個城市正處於「夏慶節」的狂歡，整個城市充滿了喜悅的氣氛。這個地方平等而公正，文明而和平，資源豐富，沒有軍隊，人人皆可富足而體面地生活。而「德魯斯」這樣的藥物，也在這部分出現，而且是做為一種沒有成癮性和副作用的藥物出現的，雖然書中寫明了奧米勒斯人其實並不需要這樣的藥物來得到快樂，但終究還是有的。

第二部分，是一個被關在地下室的小孩，奧米勒斯一切富足的源頭和根基皆在這個孩子身上，任何人都不得對他表現出一絲一毫的善意，哪怕只是問一聲好，也會讓奧米勒斯的繁榮就此灰飛煙滅。而重點是，每一個奧米勒斯人都知道這個孩子的存在，他們都知道所有人的幸福都是建立在這個孩子的不幸上，可以說，這個孩子越不幸，他們就可以越幸福。

這個部分曾經也和若嵐談起過，同時推斷奧米勒斯教恐怕是將複製人等同於這個孩子，身處於絕望而暗無天日的地牢之中，死亡也許是最好的選擇。

至於第三部分，是一部分知道這個孩子存在的奧米勒斯人陷入了靈魂的掙扎，他們去見了這個孩子，卻終究沒有勇氣把他放出去，但也沒有辦法在奧米勒斯城裡繼續心安理得地生活，於是這些人便從奧米勒斯城出走，沒有人知道他們去哪，只知道他們或向西，或向北，也沒人知道他們的目的地。

合上書，我陷入了沉思，第一部分和第二部分我都找到了和奧米勒斯教的連接之處……可第三部分呢？

這到底是什麼意思？那些從奧米勒斯教出走的人，又代表了什麼人呢？

應該不會沒有意義的，奧米勒斯教應該不會讓沒有意義的篇章流傳開來才對。

難道說……

我突然覺得有些毛骨悚然，一種顫慄從靈魂深處如同火苗一般亮起，然後蔓延至全身，甚至連指尖都感到了難受至極的酥麻感。

難道那些出走的奧米勒斯人……是指讓複製人自殺的一般人嗎？因為看不下去了，所以出走了；因為看不下去了，就想了結一切嗎？

那些出走的奧米勒斯人，是想用別的方式去毀滅奧米勒斯嗎？

那些一般人，是想毀掉現有的複製人體制嗎？

我用顫抖的手指關掉了電腦，整個人無力地癱在椅子上喘息。

也許姜肅生的猜想是對的，公司的內部，是真的有人在幫助奧米勒斯教。複製人的自殺率大幅度上升，是因為有人，想要殺死大量的複製人來動搖處於壟斷地位的第二人生公司，最終破壞現有的複製人體制！

奧米勒斯教有足夠的動機做這些事，雖然並不清楚方法，可林蕭然的方向很有可能是對的，從結果而言，他根本沒有冤枉奧米勒斯教。

也許真的是他們！

所以他們沒有長遠的規劃，因為一旦現有的複製人體制解體，奧米勒斯教自然也就沒有存在的意義了，難怪找不到他們的資金收入流動，他們從一開始就沒想賺錢，他們根本就不是想得到，而是毀滅！

想通了這些，曾經許多覺得矛盾的地方都迎刃而解，我越來越相信自己的判斷。

「喔……這些人是都瘋了嗎？」

頭皮發麻的我忍不住發出一聲呻吟。

第六章
無恥的妥協，咖啡的冷熱

「啥？你說什麼？」程源抱著一碗泡麵，免洗叉子很可笑地把麵條撈起卻又掉下去，麵湯飛濺而起，落在他的臉上，這讓他忍不住放下麵，痛苦地捂住眼睛。「老天，我一口都沒吃，就知道這麵湯很辣了！」

我忍著笑意，遞過一張紙巾讓他擦擦，在他道謝之後問道：「我是想問，公司裡有沒有非常討厭複製人，或者非常喜歡複製人的人？」

「完全是兩個不同的方向啊，你為什麼問這種問題？」程源用紙巾使勁擦著眼角，「況且這個很難定義啊，而且我覺得，這年頭只要不歧視複製人就算喜歡了吧？而且都來公司了，你覺得公司裡會有多少是討厭複製人的？真的討厭就不會來上班了吧？」

也是……

「不過進了公司後，很多人會發生一些變化，比如進來之前很喜歡複製人的人，變得沒那麼喜歡了。」

「為什麼？」

「因為事多。」程源眨了眨眼。「就好像結婚了以後，老婆放屁開始變得肆無忌憚一樣……以前不知道的缺點都一點一點暴露了。

然後進來之前算不上喜歡複製人，但也不討厭複製人的人，純粹就是為了混飯吃來這裡的，反而比原來更喜歡了一些。」

「這又是為什麼？」

「因為事多。」程源嘿嘿一笑，「你為一件事努力了，很難不對這個行業或者這件事產生感情。但不管是哪一種，修元，他們都不希望複製人的生存環境變得糟糕。」

「……」聽出他意有所指，我心下忍不住尷尬起來，「你看出來了？」

程源豁達地笑笑，「沒有怪你的意思，我知道這只是工作。」

「你怎麼看出來的？」

「因為我剛被專務叫去問話，所以我看你這個樣子，是在給專務做事吧？」

「專務叫你去過？」

「是啊。自從今天早上若嵐去了專務的辦公室後，他就叫了不少人過去問話，好像是說，公司裡有內鬼在作怪。」

還真有若嵐的風格，做起事來雷厲風行。

可我還是覺得奇怪，莫非專務覺得這種敲山震虎的行為能夠有什麼作用嗎？本來就已經陷入泥沼的公司，再因為抓內鬼這種事大張旗鼓，不利於公司一直以來還算不錯的向心力吧？

如果說能夠找出人來自然是好事，可這樣，真的能夠把人找出來嗎？

甚至可以說，這樣的方式緊張的恐怕不僅僅是內鬼，一般公司的員工也會變得異樣。畢竟誰都不想被冤枉，他們做事會比平常更加小心翼翼，同時用懷疑的目光看著自己的同僚。

如果最終沒有把人找出來，恐怕因為這次的事，反而會讓內鬼可以隱藏得更深。

做這種事，不覺得太著急了嗎？

想到這裡，我和程源聊了幾句後就結束對話，搭電梯來到專務的辦公室，辦公室門口不遠處有個櫃檯，是專務的祕書，我只知道她姓劉。

「劉祕書，請問專務現在方便嗎？」

「你有沒有預約？」劉祕書是個約莫三十歲的長髮女性，容姿秀麗，戴著無框的眼鏡，聽說已經跟了專務很多年。

「抱歉，因為是臨時……」

「那你進去吧。」

「哎？」我本來以為她至少會去問一問，或者拒絕我，沒想到這麼通情達理。

劉祕書面無表情地說：「他現在肯定沒什麼正事，儘管去打擾他好了，離開的時候順便對他說——既然沒有蹺班，還進了公司，至少好好工作，如果再隨便把辦公室弄亂，我就辭職，我是來當祕書的，不是當媽的。」

我聽著她說這些話，一邊覺得劉祕書果然有一顆破天的膽，敢對上司用這種態度說話，可另一方面又對她充滿同情……

想想林蕭然那個德行，我覺得就算是他媽，也會時不時有想掐死他的衝動吧？

我乾笑著點頭，然後四肢僵硬地從她面前走過，走到那扇緊閉的辦公室門口，手在門上敲了敲，之後就聽到房間裡傳出林蕭然那沒一點正經的聲音——

「小甜甜終於不生氣了嗎？嘿嘿，快進來吧……」

我忍著噁心，「……專務，是我。」

「滾！」

「……」雖然我相信林蕭然聽到我的聲音心情一定會變得糟糕，但萬萬沒想到他直接到讓我大腦都當機的狀態。

正當我從當機狀態即將轉入思考如何應對的剎那，林蕭然總算做了些補救。

「……不好意思，沒控制住，進來吧。」

碰到這種腦回路明顯異於常人的上司還能怎麼樣？我只好把腦中之前的那段記憶刪除，當作什麼都沒發生那樣走了進去。

「喲！最近很忙吧？」林蕭然穿著一套黑色的西裝，但他有一個本事，就是任何正裝穿在他身上，都會變成另一種吊兒郎當的風格。只見他彈了彈前胸，把上面的餅乾粉末彈到地上，手指著桌上吃了一半的餅乾，嘴上含糊不清地說：「要不要來點？」

餅乾被疊成金字塔般的形狀，形成一個完美的等邊三角——原本應該是這樣的。

上部的右側出現一個缺口，但金字塔還是沒有倒下來，這個發現讓我忍不住眼角一跳：為什麼是從那裡開始吃？他有毛病嗎？

「不用了，謝謝。」

「喔，那算了。」林蕭然也不堅持，然後伸手從金字塔上的餅乾堆上一抽……要不還是拿一點算了？我盯著金字塔餅乾上突出的一角，只覺得這一塊無比地礙眼。

正當我猶豫著，就聽到「嘩啦啦」一片響，整座餅乾金字塔因為林蕭然再一次地亂抽餅乾的關係，徹底散了一桌，我心底忍不住發出一陣痛苦的呻吟。

真是作孽啊！

「怎麼了？」也許是看出我臉上流露出什麼情緒，林蕭然好奇地問道。

「沒什麼，只是突然胃疼。」我愁眉苦臉地說著，沒勇氣說實話。

「最近看來很辛苦啊。」林蕭然點點頭，話鋒一轉，「若嵐跟我說過你們辦的事了，不錯，但我希望你能加緊進度。」

「加緊？」

「嗯，有人已經等得不耐煩了。」林蕭然揉了揉自己的太陽穴，似乎也對這件事感到頭疼，「我們時間不多，我不知道還可以拖多久。」

「怎麼了？」

「我還不能說，抱歉，我只能說，我不知道自己還能壓多久。你要盡快，修元，你要盡快。」

我沒有辦法繼續詢問下去，只是心中起了濃郁的不祥預感，而這個預感，在一個星期後應驗。

「七月十四日，複製人監察廳向市政廳遞交了《複製人規制條例》，暫時進一步限制複製人的活動範圍。經過調查，已經認證奧米勒斯教為邪教，有證據表明，近期複製人非自然自殺率飆升和該教團有關。複製人監察廳表示，目前在第二人生公司的配合下，通過警方已經找到並搗毀了幾個邪教的據點。一切有可能信奉該教的複製人皆會被列為重點觀察對象，在最壞情況下，不排除強制回收的可能，但複製人監察廳表示，如果發生以上情況，也會試著和第二人生公司溝通，取得商品的二次製作，同時禁止三人以上無批准的複製人集會行為……」

我呆呆地看著電視上新聞主播如公式般的播報，後面的話已經聽不清了，只覺得自己握著遙控器的手在抖，一股巨大的寒意湧了上來——

我不知道這件事，我們還什麼都沒有查到！我們甚至沒有找到什麼東西？為什麼奧米勒斯教已經被定調為邪教了？為什麼聲稱依靠我們找到並搗毀了據點？

炎熱的空氣裡，我出了一身大汗，可在之後卻有一種渾身熱量都被帶走的冰涼感，眼前是撲面而來的滿滿惡意，只覺得頭皮都麻了。

「那我這些天，算是什麼？」

放在茶几上的手機響了起來，我呆滯地看向螢幕上的來電顯示，是申屠。

我接起電話，有氣無力地說道：「什麼事？我現在很亂，你長話短說……」

「我還想問你是怎麼回事呢！」申屠的聲音在電話裡憋著怒氣，讓我微微一愣。

「什麼怎麼回事？」

我話剛問完，就冷不防地聽到電視裡播報的一句話，「經過調查，奧米勒斯教的創始人已經查明，是一位不在第二人生公司的註冊名單中的複製人，該複製人利用工作便利和其專業知識，創造了當前的奧米勒斯教的運行模式……」

我心裡起了更為不祥的預感，同時耳中聽到了申屠再也忍不住的怒吼：「你們想把我外公怎麼樣啊！」

電視機裡繼續在播報，將那不祥的感覺擴大，並不斷深入，烙印在心裡，形成了真實的形狀。

「這名嫌疑人的複製原型，叫做姜肅生，曾經是自治市科學界的驕傲，今時今日讓一個曾經是科學界的英雄，變成了如此可怕的罪犯，我們也不得不產生疑問──現在的複製人制度，真的沒有問題嗎？」

我一下子全明白了，巨大的恐慌出現，只感覺全部都亂了。發現這樣的狀態不對，我連忙深呼吸了幾口，強迫自己冷靜下來，用微顫的聲音說道：「申屠你先別著急，我立刻去公司問這件事。」

雖然今天是我久違的輪休，但這種情況下，哪裡還坐得住？我一邊急急忙忙地準備出門，一邊掏出電話準備打電話。

在廚房準備水果的母親見到我的樣子，詢問道：「要出去？」

「嗯，臨時有事。」

「不吃點西瓜再走？我剛切好。」

「對不起，我回來再吃。」我拿起包包穿上鞋就走了，也沒管母親接下來說什麼，「先走了。」

手機則從通訊錄裡找到若嵐，撥打出去，「怎麼回事？」

「我也正要打給你，我剛剛去問了。不過說要等你一起來，他才肯開口，說因為不想把難過的事說兩遍，你現在能過來嗎？」

「在路上了，二十分鐘內就到！」我在路邊招手，計程車在我面前停下，掛了電話後就直接坐進去，一邊繫安全帶一邊說：「第二人生公司，有急事，麻煩開快點。」

來到公司，我發了訊息告訴若嵐我已經到了，她讓我直接上林蕭然的樓層會合，她已經在等我了。

「不好意思，久等。」

「人齊了，可以讓我們進去了吧。」若嵐對門口的劉祕書淡淡地說道。劉祕書點點頭，帶我們走到門口，敲了敲門，也不管裡面什麼反應，「人來了，我開門了。」

「喔。」

當我們進了辦公室，發現林蕭然正站在咖啡機前研究他的咖啡。

「怎麼回事？」若嵐直入主題，神情冰冷。

「先喝點冰咖啡，否則我怕火氣太大會打起來。」林蕭然手往沙發椅上一指，「你們先坐一下。」

我只好無奈地在沙發椅上坐下，辦公室裡的冷氣開得有點大，而若嵐則在我身邊站著，冷著臉不肯坐下，「我需要解釋，不是咖啡。」

「別說得那麼死，一點迴旋餘地都沒了。」林蕭然端著兩杯咖啡放到茶几上，他在我對面的沙發椅上坐下，「喝點吧。」

若嵐冷冷地看著他，沒有動，連帶著本來想動的我都不敢動了。

林蕭然臉上掛著的笑容微微收斂，他略帶疲憊地搖搖頭，「所以呢，我一直就想說了，做事要有順序的，第一步不走，怎麼走第二步？怎麼走第三步？」

「……我是來要解釋的！」

「對，妳是要來解釋的，可這是第三步。」林蕭然用一種我從來沒見過的冷漠語調對著若嵐說道：「第一步，是在我面前坐下，第二步，是喝咖啡。」

話音一落，房間裡的溫度驟然下降了許多，空氣凝固得近乎讓人無法呼吸。

而我本來也急著想問事情的心，也被猛地澆了一盆涼水。

我看著林蕭然迥異於平常的樣子，那鋒芒畢露的凌厲眼神，這才想起來。

沒錯，他再吊兒郎當，也是這個公司的專務，所擁有的哪裡可能是只有漫畫裡才看得到的失戀次數記錄？

若嵐和林蕭然兩人的眼神在虛空中碰撞，彷彿擦出了火花，良久，我聽到若嵐深深地吸了一口氣，鐵青著臉在我身邊坐下，拿起咖啡敷衍地抿了一口就重重地放下，「好了，我要解釋。」

林蕭然的臉色終於一鬆，隨後他轉頭看向我，笑吟吟地向我伸手示意，「你也試試啊，真的挺好喝的，不好喝不要錢啊！」

好喝就要錢麼？你乾脆去開咖啡店好啦——如果是往常的話，我一定會在心裡這麼吐槽。

但今天，我卻一點這方面的想法都沒有，只覺得心裡發寒。因為我真的不確定他和我說話時，到底是在開玩笑，還是在施壓。

而更恐怖是，我覺得我之前的猜想越來越接近事實。

我端起咖啡，喝了一口，卻完全不知道那是什麼味道，就如同機械一般的放下杯子。

若嵐瞪著林蕭然，「可以給我解釋了嗎？」

「妳想從哪邊開始解釋？」

「姜肅生，被拋棄了，是嗎？」

「因為最近的事，公司收到了越來越多的起訴信，尤其是那些已經被回收的複製人家屬，他們認為是我們的技術問題，導致他們得到了不良品，最近他們聯合起來，甚至已經組成了律師團……公司很被動。」

「林蕭然，你現在連正面回答都不敢了嗎？我不是在問公司有多少麻煩，而是在問，姜肅生，是不是被公司拋棄了！」

林蕭然皺眉，伸出尾指，抓了抓左邊的眉毛，視線下垂，沒有看向我們，可我卻感到了一股壓力在，「老妹，我知道妳想問什麼，我也並不打算否認什麼，不過……妳基礎的國語總是學過的。」

「什麼意思？」

「不是姜肅生被公司拋棄了，而是公司損失了姜肅生。」林蕭然眯起眼，緩緩抬起頭，連帶著壓力，掃視著我和若嵐，「不要只在那邊發脾氣，事實上，失去姜肅生，對公司來說是極大的損失，你們不會不知道，我們在他身上投入了多少……

所以別用受害者家屬的口吻去逼問真正的受害者群體！尤其你們還是公司的人！」

說到最後，他在桌上直接重重地敲了敲，「我讓你們去盡快查出點東西來，就是為了保住他。你們查不出來，我不怪你們，畢竟時間確實很緊，這麼多人都沒有頭緒，但是……那些官司還好說，公司還可以拖一拖，市政廳質詢的時間已經在昨天通知我們了，就在下個禮拜！已經沒辦法了！這件事必須要有一個合適的人選來負責！公司絕不能垮，一垮剩下的複製人就全完了！」

我聽到這裡，卻忍不住開口質問，「所以就可以誣陷嗎？誣陷一個沒有被任何相關人員同意就被製造的複製人？他從被製造出來開始就在替第二人生做事，最後還要得到這種下場？良心何在？」

「良心？」林蕭然一愣，似乎對聽到這個詞感到很意外，他轉頭看了看若嵐，很失望地嘆了口氣，「妳沒教好他啊……我以前對妳說過的話，妳沒跟他說嗎？」

「……」若嵐面無表情，一言不發。

林蕭然苦笑一聲，又看向我，「那看來這句話得我來說了。」

「什麼話？」

「你究竟是想保護人，還是想保護良心？」

原來這句話，是他對若嵐說的？我忍不住瞥了一眼若嵐，她沒有看我，只是抿著嘴，不甘地握著拳。

「保護人，難道不是保護良心嗎？」

「所以你就想說，坐著在那邊看，什麼都不插手，只要不是親手害人，看著所有複製人一起完蛋就是保護良心？」林蕭然譏諷的語言如同鋼刀一般鋒銳。

「可是……」

「沒有可是，如果有足夠的時間，我當然希望可以慢慢查，慢慢找到問題所在，但現在……這個城市裡的每一個人都不願意給我們時間！現在可是民主社會啊，政治家要選票，老百姓要享受，資本家想賺錢，這他媽可都是得罪不起的大爺啊！」

「可這依舊是誣陷！再怎麼冠冕堂皇，這就是骯髒的誣陷！」

「砰！」林蕭然猛地一拳頭垂在茶几上，桌上的咖啡杯跳了起來，冰涼的咖啡飛濺，杯子翻倒一邊，茶几上的玻璃隱見裂紋，咖啡順著裂開的紋路滲透進去，蔓延後從桌邊落下……

林蕭然似乎終於失去耐性了，他開合的嘴裡露出雪白的牙齒，如同一隻擇人而噬的猛獸。「你在這個房間裡怎麼說都沒事，一旦離開這個房間，修元，千萬管好自己的嘴。」

「……」

「這不是誣陷，也不可以是誣陷。」林蕭然口氣森然，眼神冰冷且透著警告，「修元，我很看好你，但有些話真的不可以亂說，亂說是要出事的。」

氣氛在林蕭然的話語中凝固，宛若空氣停止了流動，連空調吹出的冷氣也變得黏稠，如同蛇一般從後領鑽入身體，纏繞著舔拭，鋒銳的毒牙擦過背脊，帶起了一陣細微卻驚悚的痛疼。

驀然，一隻手拍在我的肩膀上，手心帶著溫度，讓我從那個詭異的狀態中回來。轉頭看去，是若嵐，她的眼神不知何時再次變得堅毅而果決。

「不用理他，他只有在嚇唬人上有天賦而已。」

聽到若嵐這麼說，林蕭然的氣勢頓時一滯，他呿了一聲，那油腔滑調的氣息似乎又回來了，他很沒形象地搖了搖頭，「行了，我該說的話反正也說了，嚇唬不嚇唬隨便你們理解啦。」

「姜肅生，會被怎麼樣？」若嵐問道。

出乎意料的是，林蕭然竟然搖了搖頭，「我們不會對他做什麼的。」

「啊？」我頓時覺得奇怪了，既然把責任推到了姜肅生身上，又不對他做任何處理，這能夠說得過去嗎？

接下來林蕭然讓我明白了事情為什麼會變成這個樣子，他從西裝的內側口袋掏出了一個藍白信封，擺到我們面前，「他自己已經做了決定。」

「這是……」

「姜肅生的自殺申請，這是第三封了。」

「不可能！我們從來沒有收到過這樣的東西！」

「他本來就不在你們的管理名單內，自然不是交給你們的。」林蕭然攤了攤手，看著我們兩個，「所以你們明白了？他本來就是要死的，既然都要死了……」

說到這裡，他頓住，聳了聳肩。我明白他的意思，他想要利用姜肅生的死，來保住公司的利益。

聽上去，這似乎的確是當前最為穩妥的解決方式。

「另外，我雖然承認查這件事的動機確實不單純，但有一句話我剛才可沒有說謊。」

「什麼？」

「在這件事上，姜肅生並沒有你想得那麼無辜。」

「什麼意思？」

「很簡單啊。」林蕭然臉上的笑容很奇異，奇異得讓我覺得害怕。「因為公司真的有內鬼，那封病毒郵件……真的是姜肅生的手筆。」

——！

我猛地站起，胸口被不可思議的震驚情緒填滿，「這不可能！」

「事實就是如此……他自己偷偷藏了一臺電腦，用那臺獨立的電腦設計好了病毒郵件，所以公司根本就沒有查到這方面的痕跡。」

聽到這句話，我只覺得無比荒謬，氣得差點笑了，「這太假了！就他那個樣子，你們會讓他偷藏一臺電腦在眼皮子底下做出那麼大的事來？他都被軟禁在那裡了，管得那麼死，怎麼藏電腦？我已經去過他住的地方，那裡除了你們給他的電腦外，根本沒有別的電腦！」

「電腦這種東西，是會壞的。就算不壞，為了最頂尖的技術，研究所對各個設備的要求也是很高的，舊的自然會被淘汰。每年公司都會撥出一部分預算，來保證研究所設備的新穎。」

「什麼意思？」

「所以公司的研究所每年都有一批設備要被處理。」

「那又如何？你們不可能留一臺給他，並且切斷和公司監控區域網路的聯繫吧？」

「他開頭幾年，從那些即將被淘汰的電腦以及設備上拆下零件，但每個都拆了一點，表面上根本看不出東西少了，然後他把零件偷偷帶回自己房間……所以公司一直都沒發現。」

「……您的意思是，他自己組裝的？」

林蕭然說著話，低頭看著自己的指甲，「你沒發現他的房間跟垃圾場似的特別亂嗎？」

「嗯，這個我有看到……」我自然對那個亂七八糟的房間有印象，話一出口，我頓時明白了林蕭然意有所指，「專務您的意思是……」

「是的，他每天組裝完，就開始設計病毒郵件，偶爾也會更新病毒郵件，但把這些結束後，他會把電腦重新拆了，分散到房間的不同角落。第二天別人進去自然什麼也看不出來。然後到夜深人靜，他再繼續組裝回來，做他的事。」林蕭然感嘆地搖搖頭，看上去也是被這個神奇的方法嚇到了，「到底是和我家死老頭鬥了半輩子的對手，這腦回路也真是服了。」

死老頭？說的是第二人生公司創始人林仁凡嗎？

「……這些都有證據？」

林蕭然點點頭，很坦然地說道：「說實話，當時是真的準備讓他背黑鍋，不管有沒有證據都一樣，但至少要做個象徵性的調查，走一走程式，結果一查，還真查出問題，至少那臺用來設計病毒的電腦確實存在……雖然說順序不一樣，但從結果上說，算是誤打誤撞。」

我和若嵐頓時也沒有辦法提出什麼反駁意見了。

這件事，好像真的找到了最穩妥的方式。

姜肅生沒有被冤枉……他真的是奧米勒斯教的創始人。

公司因為查到這個的關係，也避免了一場有可能再也翻不了身的危機。雖然其他複製人因為這件事的影響會被限制進一步的活動自由，可從當前的角度來說，也不能說完全沒有必要。

一切好像都很幸運地朝著最接近完美的方式前進。

可我總覺得哪裡不對。

我還是覺得很不舒服，又憋又悶，於是忍不住問道：「他……為什麼，為什麼要這樣做呢？」

「這還用想？我光是用腳趾頭能想到的理由就有很多……比如沒辦法出去泡妞多痛苦啊！」林蕭然滿不在乎地開了個玩笑，但在看到若嵐的臉色後連忙乾咳一聲，「而且歸根究柢，他是為我們公司工作的，他和我家那個老頭本來就不對盤。

你想想啊，給鬥了半輩子的人去當手下，甚至連自己都變成對方的私人財產了……覺得羞辱想要報復一下搗搗亂，很正常。」

「搗搗亂？就因為搗亂，你覺得他會害死那麼多複製人？」

「修元，仔細想想他的為人吧。」林蕭然嗤笑一聲，站起來，看向窗外，他望著底下來來往往的人群，「對他來說，這世上大部分人都是未進化完全的猴子……只要能毀掉那個人一輩子的心血，他又哪裡會在意這些事？」

「可他為什麼想尋死呢？」

我看不到林蕭然的臉，但我發現自己問出這個問題的時候，林蕭然的肩膀微微一僵。

良久，他嘆了口氣——

「我也就是猜猜，可能是因為我家裡那個死老頭，就快真的變成死老頭了吧。」

我聞言微微一愣，隨後忍不住轉過頭看向若嵐。

若嵐的臉色微白，雖然面無表情，但那雙眸子，卻染上了一抹悲慟的色彩。

我試探性地問道：「董事長的身體……」

「已經陷入昏迷一年了，當時醫生就說不太可能醒過來，而前段時間……情況一下子變糟，不知道還能挺多久，醫生說，可能就是最近了。」

他的話說到這裡，語調一轉，「你們已經瞭解事情的大概了，所以應該知道該怎麼做吧？」

「啊？」我聞言微微一愣，還沒明白他的意思。

「公司花了那麼大的代價，才把你們當作消滅奧米勒斯教的一分子放進去，來表明一種絕不姑息的態度，所以你們也要足夠懂事……等一會兒我會把必要的資訊交給你們。」

「……」

「我要你們親口對媒體說，這一切都是姜肅生做的。我們已經查到相關證據，證明他就是奧米勒斯教的首腦，除此之外再無他人。公司的複製人設計，不存在任何問題。」

聽到這裡這才算明白他的意思，可我不能接受這樣的提案，如果沒有頭緒也就罷了，既然有了頭緒，怎麼可以如此草率？

於是我開口提出自己的意見：「可現在只是證明他是奧米勒斯教的人，也許地位很高，也許位置很重要，但並不能保證首腦就是他。既然現在知道和他有關聯，那麼完全可以順藤摸瓜地……」

「他已經說了，首腦就是他。有這份口供就足夠交差了，不要再節外生枝，就算他說謊了，也得先度過這個難關再慢慢把那個混球抓出來！」林蕭然說這句話的時候帶著一抹難以察覺的咬牙切齒。

我注意到，若嵐看向他的目光一下子變得有些古怪。

「總之，我們沒有功夫和他慢慢磨，必須立刻拿出結果，把這件事結束，公司拖不起。」

「可是……」

「修元啊……這世界上有些真相，是需要謊言來保護的。到底是讓一個必然要死，並且本身就不乾淨的姜肅生來背鍋，還是讓維繫全體複製人的公司被毫無根據地誣陷，很難選嗎？」

「……」

林蕭然走回茶几，彎腰把茶几上東倒西歪的咖啡杯撿起來，將裡面剩餘的咖啡倒在咖啡機一旁的盒子裡，隨後將兩個咖啡杯都丟進了垃圾桶，「不管是冷咖啡，還是熱咖啡，都是有喝的時間的，時間過了，你就喝不到了。這次的事也是，時間到了……你不給個答案，就只能把別人推出去，不然，死的就是你了。」

第七章
教徒的背叛，痛苦的延續

窗外下著傾盆大雨，將這些天的炎熱化為難以言喻的潮溼和煩悶，那些許的涼意在近乎水蒸氣的溼度中艱難地鑽出頭來，如同幻覺一般透過溫熱的溼氣觸碰皮膚。

尤其看著面前臉上再也沒有熟悉笑意的申屠，我忍不住雙手握著放了冰塊的綠茶，期望能把心裡的躁意壓下。

「……真是我外公做的？」

我低下頭，聲音輕得就像小時候面對老師認錯的孩子。「就目前的資訊來看，確實稱不上無辜。」

申屠「喔」了一聲，點著頭，聲音輕描淡寫到虛假的地步，「他是不是要死了啊？」

「為什麼這麼問？」

「你就說是不是。」

我搖搖頭，「我不可以透露這方面的資訊的。」

「你這方面倒是挺有職業道德啊……」申屠笑了一聲，我聽不出他是真的想緩和氣氛，還是忍不住心裡的情緒刺了我一下。

「……抱歉。」

「沒事，各人各難處，我能理解，不過你也不用否認。」申屠沒有在這個問題上糾纏，話鋒一轉，說出了一件讓我感到意外的事，「是他告訴我的。」

「啊？」

「我外公那天說了，他會死的。現在想想，可能在那個時候他就想到會有今天了。」

申屠的話讓我發現了一個新的事實。姜肅生已經料到自己會被發現，並且承擔所有責任後去死了嗎？如果這是真的，那到底是什麼時候意識到這一點？

從林蕭然那裡得到的消息來看，明明是準備對他下手後，才意外發現奧米勒斯教有姜肅生的手法存在。

那麼問題來了，姜肅生認為自己必死，是因為他知道自己必然會被發現，還是說……他知道自己必然會被犧牲？

我隱隱感覺到有些不對，但此刻面前有申屠在，容不得我就這樣細想下去。

只聽申屠說道：「他不想我去給他送終。」

我沒問為什麼，因為姜肅生那孤僻怪異的性格，在自己末路之時，不想有人旁觀是一件很正常的事。

「他說怕我去了，又捨不得死了。」

我聽到這句話，微微一愣，心想原來那個人還是有些溫情在的。

「修元，幫我個忙吧。」

「……說。」

「我想你替我去送送他，可以吧？」

「如果他有這一天的話，我會的。」

「一定有的，出了這麼大的事，你們會讓他活著？」

我無法反駁，只好沉默以對。申屠雖然為人不正經，卻不是傻子，再加上因為我的關係，他比一般人更瞭解複製人的現狀。

我和申屠之間的氣氛變得尷尬，這是十分罕見的一件事，良久，他嘆了口氣，「對不起，我知道這不是你的錯……就是一下子沒忍住。」

「我不在意，沒事，你也不用忍……」我苦笑著，心中只覺得愈發無力，「現在這個階段，還能當個出氣筒，已經很讓人欣慰了。」

申屠聽了這句話，反而愣了一下。「怎麼？你現在不能插手這件事了嗎？」

「確切地說，是已經沒有多少插手的餘地了。」

林蕭然早就有所預備的記者招待會我並沒有出席，所以沒有面對那些刁鑽的問題。若嵐說她一個人去就可以，我自然不願意，但她接下來的話卻讓我僵在原地——

「你要不要照照鏡子？你現在就是一臉想要被逼問，然後吐露全部事實的表情。」

我當時有心想要否認她的話，可看到她的雙眸，卻莫名地感到心虛。

但我現在呆呆地看著手機螢幕上，若嵐面對那些強硬遞上來的麥克風時的樣子，卻覺得自己是一個噁心到極點的懦夫。
我可恥地逃跑了，卻把所有的壓力都丟到若嵐身上。
「貴公司背著所有人祕密製造複製人，難道沒有違反複製人製造條例嗎？」
「現在外界普遍認為，貴公司管轄下的複製人犯下如此重罪，和貴公司軟禁以及虐待有關，不知道對此林小姐您有什麼想說的嗎？」
「把所有罪責推到一個沒有刑事和民事負擔能力的複製人身上，不覺得太卑鄙了嗎？」
我聽不下去了，關掉瀏覽器上的線上直播，站起身剛要走離自己的桌子，卻發現許渝媛不知道什麼時候堵在通道上。「借過。」
「你要幹麼？」
我被問得一愣，隨後打量起彷彿門神一般站在我面前的許渝媛。「怎麼了？妳事情做完了？這麼閒居然來管我？」
「照顧麻煩的後輩也是我的工作之一啊！」許渝媛意有所指，她瞪著我說：
「總之啊，若嵐姐說了，你得把回收日當天所有事都安排好了才能離開。」

「我又不是蹺班，妳憑什麼……」

「你想去若嵐姐那邊，對吧？」

「……妳怎麼知道的？」

「若嵐姐說了，你去了也沒用，這件事又不是多一個人就能把事情變好的。」

「她跟妳說的？」我聽了這話，愈發覺得愧疚。

「喔，她還說了一句話，讓我想一下，說什麼來著，感覺挺有深度的。」許渝媛嘴上說著想，手上卻拿出一本記事本。「喔喔，我想起來了！」

妳這是在摘抄名人語錄嗎？

「什麼？」我強迫自己無視許渝媛那恐怖的指甲顏色，平靜地問。

「她的原話是『因為罪惡感而行動，不僅解決不了問題，還容易引發更多問題，所以……別添麻煩了』。」

我頹然地坐回去，苦笑連連：不僅沒幫上忙，甚至連想什麼都被猜到，只能說……我在這方面真的太幼稚吧。

「修元。」

「嗯？」

「若嵐姐怎麼想的我不知道，但……你真的沒有可以幫她的地方嗎？」

幫？現在，哪裡還有可以幫的地方呢？這件事根本就已經……

一個想法如同閃電般掠過，我突然發現了一個疑點，迅速坐回自己的位置，打開了電腦，將之前在家裡整理過的信箱名單……

沒有，沒有我要的。

於是我便撥打複製人監察廳的電話，當話筒裡傳出了接線人員的聲音後，我向他要求轉接到高林的辦公室。

在等了大約三次的忙音之後，電話被接起，裡面傳來高林略帶冷漠的聲音，「哪位？」

「我是第二人生的鄭修元，上次見過高監察長您，不知道您是否還有印象？」

「……」電話對面沉吟了良久，突然輕輕「喔」了一聲，似乎是記起我來了。

「嗯，有印象，有什麼事嗎？」

「我記得上次您叫我傳話，讓我對林專務說，關於奧米勒斯教的事，如果他再不管，您就要管了。」

「你還有一分鐘把事情說清楚。」高林冷冷地說道：「這裡很忙，麻煩長話短說。」

「請問，您為什麼要管奧米勒斯教的事呢？」

「這是複製人的問題，在我的職責範圍內，哪裡來的為什麼？」

「我工作有一段時間了，雖然奧米勒斯教的事一般人不瞭解，可一旦接觸複製人的圈子，這並不是什麼難以接觸到的資訊。」

「所以？」

「『如果他再不管……』，也就是說，這裡存在一個『不管』的時期，所以我想問，為什麼從奧米勒斯教誕生，到引起複製人監察廳警惕，中間會有這麼長一段空白？」

電話那頭高林的聲音頓時陰沉起來。「怎麼？你是來指責我們反應時間過於遲鈍嗎？」

「請千萬別誤會，高監察長，讓您不愉快我願意道歉，我並沒有指責您的意思。」

「那你到底想問什麼？」高林的聲音愈發不耐煩起來，「別兜圈子了，直接問。」

「奧米勒斯教誕生這麼久都沒有讓複製人監察廳重視，為什麼偏偏在上一次會面的時候卻想要管了？是有什麼契機，或發生什麼事嗎？」

「……契機？」高林聞言，冷笑了一聲，「還不是因為你們沒有管理好。你以為我們想給你們擦屁股啊？奧米勒斯教之前不管，是因為輿論說給予複製人一些基本的信仰權利，自殺權本就是被認可的權利，所以這個宗教也不能說是邪教……也不知道是哪個天真的神經病提出來的，居然還有這麼多人認可。」

「那為什麼現在卻……」

「因為那些病毒郵件一開始僅僅只是在複製人之間流傳，所以就睜一隻眼閉一隻眼。但是當郵件開始出現在一般人的電子信箱裡，甚至還有一般人出現自殺的情況，即便沒有明確證據表明一定和該宗教有關，可這已經不是能夠坐視不理的程度了。這完全就是你們監督不力！」

說到這裡，高林忍不住破口大罵，「看看你們管出來的爛攤子！還信仰，信仰個屁！」

我自動將他的罵聲過濾，把注意力放到我一開始不曾注意的部分上。「一般人一開始是收不到這些郵件的嗎？」

「是啊。」

「那為什麼又突然收到了？」

「你問我我問誰？總之這件事捅了這麼大的婁子，你們不好好掌控，自然只好由我們動手了。」高林說到這裡，「還有沒有問題？沒的話掛了啊。」

「呃，謝……」我還沒有說完，就聽到嘟嘟聲從聽筒裡傳出，不由一愣。

連我的回答都不聽就掛電話，那還問我有沒有問題幹麼？

不過就像他曾經說的，從立場上說，我和他之間並不適合擁有良好的私交。

況且，我也問到了問題，得到了還算正面的回答。

所以，我覺得自己的猜想極有可能是正確的。

姜肅生是被陷害的。

有人在姜肅生製作的病毒郵件裡做了手腳，讓郵件蔓延至複製人以外的群體中，逼迫複製人監察廳將注意力集中在這個上面。

一個一兩年都沒有蔓延開來的病毒郵件，卻突然在近期擁有了傳播複製人信箱以外的能力……

可動機是什麼？是為了毀滅奧米勒斯教嗎？從結果上看，這確實是最有可能的可能。可問題是，會收到這些郵件的，只有複製人而已，一般人恐怕根本沒有機會接觸，也不會關心這個宗教。

是複製人，想要毀滅奧米勒斯教嗎？從奧米勒斯教所傳播的教義來看，讓部分複製人感到厭惡也並不奇怪。

而要用這樣的方式毀掉奧米勒斯教，至少需要有兩個條件。

第一，擁有這方面的電子資訊技術。

第二，知道這些郵件僅僅是在複製人內部流傳，並沒有影響到一般人，所以這中間的界限就是一條再明顯不過的警戒線。

這個人清楚奧米勒斯教的命脈，能夠熟悉到這個地步，他本身是奧米勒斯教信徒的可能性極高。

也就是說，如果這個猜想沒錯，有內鬼的恐怕不僅僅是第二人生而已，奧米勒斯教內部也有。姜肅生創造了奧米勒斯教的基礎，可現在，卻被教內他信任的教徒背叛了。

從結果上說，奧米勒斯教的毀滅確實是一件可喜可賀的事，畢竟一個以自我結束生命為最終目標的宗教實在讓我沒法心生好感。

可問題是，用這種粗暴的方式對待複製人群體真的好嗎？

隨著接下來的複製人監察力度的上升，恐怕複製人的自由保證將會進一步降低。而這最終的結果就是，犧牲一部分的自由，去降低一部分的自殺率。

我沒有辦法分清自由和生命孰輕孰重，可如此大的事件，最後換來的卻是不知道是否值得的結果……

想到這裡，我開始頭疼，因為在此刻我發現了一個事實。

這件事並沒有因為我瞭解到更多而明朗起來，反而因為我瞭解更多，變得矛盾重重。而能夠解開這些矛盾的……

只有姜肅生。

可我現在沒有辦法聯繫姜肅生，因為他已經遞交了第三封信，回收日確定的那天起，我就沒有辦法再去見他了。

「我想你替我去送送他，可以吧？」

中層的話從我腦海中浮現，讓我忍不住輕嘆一聲——

這倒是巧了。

「聽說你要求接手回收日的工作？」

林蕭然親自泡了一杯咖啡，放到我面前的茶几上，「我以為你對這些事有些排斥，聽若嵐提起過，她說你一直不習慣這份工作。」

「只是不甚熟練而已，專務。」

「那我給你一個建議，只是建議。」

「請說。」

「如果你只是想要練練手，我建議你還是先選擇別的複製人就好。據我所知，最近的自殺申請可不少，你自己負責的工作應該還有不少吧？」

「這是為什麼？」

「我知道你想幹什麼，但目前實在不適合節外生枝。你想查的東西，我們之後可以慢慢查。」

我心中微微一沉，暗自驚訝林蕭然的敏銳。我看著面前這個在辦公室裡還依舊戴著茶色墨鏡的男人，心中卻驀然起了疑慮，「……可專務您應該知道，如果這件事真的還有內幕，那麼回收日那天就是……」

「不，你搞錯了一件事。」

「什麼？」

「姜肅生在回收日到來那一天前，你確實不能見面，但這不代表我就不能讓人去詢問這件事的真相。」

「詢問？」我對這個詞有了疑慮，心想如果只是單純的詢問，那恐怕這件事早就真相大白了，還用得著如此糾結嗎？

林蕭然笑了笑，沒有說話，但我看著他的樣子，看著墨鏡後那略顯漠然的眼神，心裡忍不住一寒——

「明白了嗎？要問東西，我覺得還是交給專業人士比較好。在回收日到來前，或者在他說出真話前，他都不會過得太輕鬆……你心太軟了。」

我聽到這句話，忍不住在心裡燃起了憤怒，「都什麼年代了，還玩拷問那一套？」

「我只有在這個時候才發現複製人的身分很好用啊，都算不上非法囚禁或者虐待，連動物保護法都管不了我。」

林蕭然說這句話的時候，帶著一抹自嘲，他閉起眼，「這件事太重要了，不查出來我睡不好，萬一到時候再出點什麼事……呵，有時候覺得自己就是個人渣，這感覺很不好，可不好歸不好，總得有人去做人渣才行，不然哪來這樣太平的花花世界？別和若嵐說啊，否則我怕她……」

還不等我表示憤怒，已經聽到背後那扇門打開的聲音，以及林蕭然臉上僵硬的表情。

而後，若嵐那冰冷中帶著怒意的聲音響起——

「我還真沒想到你這麼為我著想啊，人渣先生！」

林蕭然乾笑一聲，「若嵐妳怎麼來了？我還以為妳今天很忙呢……」

「彼此彼此。」若嵐低頭看了看手腕上的錶，之前的情緒在此刻似乎已經恢復了平靜，但聲音中的冷意不僅沒有減少，反而平添了三分寒意。「我確實很忙，所以時間不多，長話短說。」

「妳說。」

「立刻停止對姜肅生的拷問。」

「這不行，事情還沒有……」

「……」若嵐沒有說話，只是死死地看著他。

「好，我知道了。」林蕭然舉起雙手投降，苦笑著。但見若嵐還是冷冰冰地盯著自己，只好比了個稍安勿躁的手勢，當著我們的面打了電話——

「問出來了沒？喔……嗯，那就算了，對，我說算了，都搞了那麼多天了還問不出來，你怎麼知道後面就一定問得出？行了行了，別瞎操心！董事會那邊我去解釋！」

他略帶不耐地掛了電話，然後看向我們，「滿意了？」

若嵐不為所動，伸出一根手指，「還有一件事。」

「什麼？」

「批准姜肅生的自殺申請。」

「這不是已經批准了嗎？」

「但你不讓他出去吧？他所提的那些要求……」

「這個我真沒辦法，妳別為難我了，讓他出去是不可能的。妳不知道公司裡的那群老不死有多緊張，簡直恨不得現在就親自去掐死人一了百了。放出去，萬一再出點什麼事……簡直要命。」

林蕭然雙手抱拳連連求饒，「老妹啊，妳也要理解一下公司的難處。這次妳也知道公司有多無辜，況且他自己也確實做錯了事，妳讓他為這件事多負點責任不過分吧？」

若嵐想了想，她深深地看著林蕭然，眼裡的寒意愈發濃郁，可最後她不知道是看出了什麼，表情一下子變得蕭瑟起來。「隨便你，好自為之吧。」

她說完這句話，就走出房間，留下我和林蕭然大眼瞪小眼。

最後林蕭然罵了一句髒話，站起身，「既然都這樣了，回收日那天就交給你了，你看看到時候能不能問出點什麼吧……不過，你期望也別太大，知道自己快要死的人，都會變得特別大膽。」

「什麼意思？」

「他對這個世界滿懷惡意，甚至到了死都不願意活在這個世上的地步。他不說，是為了作惡；他說了，也是為了作惡……你甚至沒有辦法判斷他說的是真話還是假話，你鬥不過他的。」

「為什麼他會這樣？」我忍不住問了一句，之後一段回憶卻突然浮光掠影般閃過——

姜肅生曾經說過一句話——根據查到的資料來計算，在這之前，我應該死了二十七次。

「他說他曾經死了二十七次。」

林蕭然聽了這句話，挑了挑眉毛，沒有承認，可也沒有否認。

「這其中，都是因為複製技術不夠完善嗎？」

林蕭然神情不變，可在我眼裡卻和裝傻充愣沒什麼區別。「你問這個幹什麼？什麼意思？」

「他就沒有想要自殺過嗎？」

「有系統在，沒那麼容易的。」

我忍不住將聲音提高了些許，因為怒氣連語速都加快了不少。「他是複製人監察系統的開發者，一般複製人都可能出現的誤差，我不信他自己找不到。」

林蕭然搖搖頭，輕嘆了口氣，「你確實還算聰明，不過如果真的足夠聰明，就知道不該問這種問題。」

「……他自殺過。」

「是的。」

「他的製造成本那麼高，你們一定有為了讓他不再自殺，做出一些措施吧？」

當我說出這句話的時候，我發現林蕭然的表情再次冷漠了起來，我知道自己問到了問題的核心，「所以我想問，為什麼，他不想自殺了呢？」

「你問這個幹什麼？」

「有人對我說，一道公式裡，最吸引人的永遠是那個未知的代數。」

「我們當然做了很多措施，一切能滿足他的要求我們都盡可能的滿足，每週一次的體檢，哪怕他想嗑藥都會給他想辦法……只要他願意活著。」

「但他不願意。」我想起姜肅生那略帶憤怒的表情，想起他說「所有的可能裡，只有那個被奪去的可能才會成為所有人的執念」，想起當時被我忽略，那雙微微顫抖的手，「他還是不願意，對不對？」

「……是。」

「而在這種情況下他還是沒有自殺，只有一個可能……他知道自殺沒用。」

林蕭然的表情終於出現了詫異的色彩，他似乎沒有想過我會想到這一步的樣子。「雖然我不是黑社會，這也不是電視劇，不過你就沒聽過知道太多容易死人這件事嗎？」

我的心一下子沉了下去。

同時憤怒如同碰到火星的燃油一般，騰然而起，隨之在內部炸開——

「簡直喪心病狂！你們竟然特意留著他自殺時的記憶一起複製？」

「不這麼做，他就會死，每一次都會死，因為他根本不怕死，他就是個瘋子。」

「從一開始他就不該被如此製造出來！」

「如果這真的是一個錯誤，那現在就是挽回錯誤的時候了，修元。」林蕭然一字一頓地說道：「複製人監察系統已經趨近成熟，並在不斷演化，而公司也受不了這樣的打擊，他所以他這次死了，就真的不會再活過來，這件事就可以結束了。」

我胸口發悶，看著眼前曾經嘻皮笑臉，甚至在某一刻讓我產生欣賞的上司，有一種朝他臉上狠砸一拳的衝動。

「你覺得，這就算結束了？」

姜肅生數次死去的痛苦，那多年來被囚禁的恥辱，最後如同罪人一般的落幕。其他那些因為奧米勒斯教而死去的複製人，就可以被這麼輕描淡寫地一筆帶過嗎？

「不然呢？你還要讓痛苦延續下去嗎？」

這句反問讓我無言以對。

林蕭然緩步走到我面前，拍拍我的肩膀，「這就對了，好好做事吧。」

第八章 母親的異常，姜勤的解脫

我告訴申屠接下來的計畫，也就是我將成為回收姜肅生的負責人。他說了聲謝謝，我則說了聲對不起。

回家路過那間便利商店的時候，我猶豫了一下之後還是沒有走進去，只是遠遠地看了一眼，卻沒有看到申屠。懷著自己也不知道的心情，我回到家，卻聽到一聲盤子摔在地上的脆響——

我一愣，發現母親正站在滿地盤子的碎片中，鮮血從她的手腕流下。她的臉色蒼白，微低著頭用抹布擦了擦自己的手腕，而電視裡正播著奧米勒斯教教徒的新聞，同時還有姜肅生的照片，他被認定為一切的罪魁禍首……

「怎麼了？」穿著睡衣，喝著草莓牛奶的老爸從臥室裡出來，看到這個場面臉色一變，手裡喝了一半的草莓牛奶掉在地上，發出「啪嗒」一聲。

「怎麼那麼不小心？」

他有點手忙腳亂地從一邊的冰箱上胡亂抽了幾張紙巾，走過來小心地抓著母親的手，輕輕擦拭，然後按壓。

「沒事，就是不小心把盤子撞在門邊……」母親輕聲解釋著，我卻注意到她內心的慌亂。

「怎麼了？」

「沒事。」

「……」

「真的沒事。」母親見我沉默，又補充了一句，但這一句話，卻讓父親感到了困惑。

「你怎麼啦？」

「老爸，我想跟媽談談。」

「怎麼？我不可以聽喔？」老爸不爽地挑了挑眉，瞪著我，「什麼事那麼……」

「那就談談吧……」

母親的話讓老爸微微一愣，他轉頭看看她，然後悻悻然地用拖鞋碰了碰碎掉的盤子，「行，有事叫我，這裡我來，你們進房間說吧。」

母親飽含歉意地看了父親一眼，便和我走進房間。我打開燈，自己坐到床上，把椅子讓給母親。

「手還好吧？」

我看著她握著手腕的手，雖然沒有看到血液再次滲出，但終究有些不放心。

「嗯。」

「妳有沒有什麼話想跟我說？」

「有，但很多我沒辦法告訴你。」

「妳是奧米勒斯教徒嗎？」

當我心懷緊張地問出這個問題時，我卻得到了一個完全沒有想到的回答。

「我不知道。」

「不知道？為什麼會不知道？」

「……這個我沒辦法告訴你。」

「那為什麼沒有辦法告訴我，妳能說嗎？」

「……」

「看來也不能說。」疑惑不僅沒有減少，反而讓我覺得變更多了，「那妳能告訴我什麼？關於這件事？」

「我只能告訴你，幾乎所有的複製人都不會希望姜肅生死去。」

「為什麼？」

「我沒有辦法告訴你。」

「那妳覺得，他是冤枉的嗎？」

「我不知道該怎麼說，至於原因，我同樣沒有辦法告訴你。」

「……媽，妳想過自殺這件事嗎？」

母親聽到我的話，神色複雜地低下頭，「我沒有辦法很肯定地對你說連一點擦邊的想法都沒有，但我可以告訴你，我不想死……我不想離開你們。」

我心中最重的一塊大石落下，長吐了一口氣點點頭，「只要妳不想，妳就不會離開我們。」

「修元，我問你，你是不是參與了這件事？」

我猶豫了一下，最終點了點頭，「是的，但還不算深入，怎麼了？」

「離這件事遠一點，我想對你說的就是這句話。」

「什麼意思？」我心中微微一驚，腦海裡的第一個反應就是——

這件事，難道根本沒有結束嗎？

「我不能說。」母親搖搖頭，飽含歉意地看著我，「對不起，修元，我真的沒有辦法告訴你這件事。」

母親再也沒有告訴我這方面的任何資訊。我沒有強求，因為我知道，如果不是真的沒有辦法說出來，她是不會隱瞞的。

她也不是那種因為一些可笑的事而做出一些錯誤判斷的女性。在某種程度上，如果不是複製人的身分，我覺得她應該會比家裡那個死宅老頭更適應現代的生活。

她總有一種驚人的韌性，來包容一切，並將其轉化為再平凡不過的生活小點滴，除了置之一笑，再無區別的態度。

可這一次，我看不到一點的轉圜餘地。

她隱瞞的事很關鍵。

這就足夠了……恐怕她能告訴我的，就只有這樣而已了。

我之後又去遞交了幾次與姜肅生會面的申請，卻都被駁回。隨著時間漸漸到了回收日那天，我坐在車上，看著窗外不斷向後推移的街景，思緒漸漸飄散的同時，壓抑感伴隨著無力從骨頭裡一點點滲出。

如果問，人什麼時候會發現自己的渺小。恐怕很多人會有各式各樣的答案，比如看到大海的時候，比如環遊世界之後……

彷彿是看到了那些東西，得到了新的訊息後，才發現孤身一人的自己是如此的無力和微不足道。

可這時候我發現，其實不是的。他們說那些話不是因為自己看到了什麼，而是發現自己永遠也沒有辦法看到什麼才對。

看到了大海不等於知道了大海，環遊了世界不等於再也不會迷路……

意識到未知，同時感受到自己內心的那一股無力和懦弱時，才是明白自己渺小的時機。我一邊憤怒於這件事用如此不公平的方式結束，一邊卻暗自乞求讓這件事快些結束，無論用任何方式，都不該讓這件事繼續下去。

即便知道是因為不公，才導致奧米勒斯教的誕生，我現在卻真的沒有辦法讓對這個宗教的憐憫壓過對它的憤怒。

如果一切都是真的，為了求不得的一死，姜肅生才創立奧米勒斯教，讓大量複製人都開始嚮往自殺的話，簡直可以稱得上喪心病狂。

而這個可能，從姜肅生那目中無人的態度看，可能性並不低。

因為他就是那樣的人。

世界不在乎他，他也不會在乎世界。

「別做多餘的事。」開車的若嵐似乎恢復了以往的風格，沉穩而乾脆。「先完成這件事，今天，你只是送行的。」

「嗯。」

「另外，雖然我相信你知道，但這次情況特殊，我還是特意提醒一句……不要和任何人提起這方面的事，對於回收這件事，我們本來就有守密義務。」

「如果是姜肅生有什麼遺願或者遺書之類的呢？」

「……」

感受到車裡的沉悶，我忍不住諷刺地笑了笑：「也對……他怎麼可能還有任何話會留下，沒人會放心的。」

沒人知道這個頭腦頂尖的科學家會留下什麼樣的資訊，是真的，還是假的，甚至連那資訊裡存在惡意與否都沒法確定。

這的確是複製人自殺權裡重要的一部分，可問題是，誰會監管？誰來揭發？況且倘若姜肅生也意識到這點，為了讓自己的死不再節外生枝，他並不是沒有可能做出妥協，來放棄他不是那麼重視的權利。

在這個事件中，無論是加害者，還是被害者，都是自願的。

「修元。」

「怎麼了？」

「你要再努力一些，否則很難獨當一面。」

「妳的意思是，漠視這一切？」

「不，是接受這一切。」

「……」

「不管你是用我的方法，還是用自己的方法，還是用別人的方法，修元，你還要再努力一些。」

聽到這裡，我感覺到些許的違和感，轉頭看向若嵐。她側臉的線條清晰，陽光照在她臉上，卻連一絲閃爍都沒有，如同文風不動的雕像，沒有任何東西可以讓她動容。

不知為何，我卻覺得她變得越來越疲憊，以及……虛弱。

「遇到什麼事了，有我能夠幫忙的嗎？」

「沒事，如果真要說有，那就是你了，我還希望有朝一日，你可以接我的班呢。」

我微微一愣，「妳想辭職？」

若嵐聽到我的話不由得一怔，然後搖搖頭，語氣複雜得讓我聽不出來是什麼情緒，「只是抱怨而已，忘了我說的話吧。」

正當我想要繼續深究，卻聽到若嵐告訴我已經到了。

我看到那塊寫著第二人生研究中心字樣的花崗石，這是我第三次看到它，可和上次不同，我這次只覺得上面每一筆都血跡斑斑。

「我本來並不希望這次是由你來負責，而是自己想接手，但既然是公司許可，我也不會再多說什麼。只是，修元，什麼才是對所有人都好的結局，你要想清楚。」

我胡亂應了一聲「好」，但實際上卻完全不知道自己能夠做什麼。

眼睜睜地看著那個人死，然後當作一切都沒有發生嗎？

我下了車，提著箱子通過和上次一樣繁瑣的安全檢查，走進電梯後，感受不到上升的推力。在純白的視覺空間中，只看到頭頂閃動的數字，忍不住在心底輕嘆。

我該拿你怎麼辦？姜肅生。

電梯門開了之後，我看到站在門口等待、一臉複雜表情的姜勤，不過奇怪的是，他的額頭貼著一塊小小的紗布。

「好久不見。」我對他點了點頭，勉強地扯了下嘴角。「受傷了？怎麼回事？」

「中屠拿平底鍋打的。」姜勤苦笑著摸摸鼻子。「因為這件事我瞞了家裡人這麼久，而現在爺爺又要……嗯，所以他下手可沒留什麼情面。」

「我其實也想問問，為什麼你……」

「無論這件事在你眼裡有多殘酷，我爺爺在複製人制度裡確實有著不可替代的作用。如果沒有他的研究設計，沒有權利而缺乏安全監管方式的複製人們，只會比現在過得更慘。」似乎早就明白我的疑問，姜勤轉過身，聲音沉靜而堅定，「走吧，別讓我爺爺等太久了。」

「可你為什麼要參與？這件事對你來說，難道不是一件痛苦的事嗎？」

「如果我不來，就不會發生這樣的事嗎？」

他這個問題讓我微微一愣，不知道如何做答。

就算沒有姜勤，姜肅生還是會被製造出來，並在他最討厭的對手下，研究自己最討厭的科目。見不到親朋好友，不能離開這個研究中心，他的生活被束縛在這幢大樓裡，呼吸著被淨化過的空氣，吃著被嚴格檢驗並保證他健康的食物。

「我不來這裡，只是一種眼不見為淨的逃避行為，而我來這裡，至少……」姜勤一邊走，一邊和身邊擦身而過的同事點頭示意，「會讓事情變得不那麼糟。」

「不那麼糟？現在，難道不是最糟的嗎？」

「糟？怎麼會，我高興得快要笑出來了。」姜勤轉頭看了我一眼，眼裡沒有一絲一毫的悲傷，「這是最好的結果了，沒有之一。」

「他要死了，而且是背著汙名而死，而許多複製人因為他的關係已經死了，或者在未來某一天也要死。」

「死去已經成為他的願望，我爺爺也不是在意身後名的人。」說完這句話，姜勤再次向前走去。

聽到這句話，我忍不住快步跟上，聲音也不由得放大了一分，「他不在乎，可其他無辜的人呢？」

「他同樣也做出了不可替代的貢獻。」

「功是功，過是過，這兩件事本就不能相抵。」

「這不是能不能相抵的問題，而是選擇。沒有他，現在的複製人制度就不可能完善到如今的地步。我問你，你是想要所有複製人永遠如同豬狗一般的活著，還是犧牲一部分，讓這個制度越來越完善，讓他們活得漸漸像個人？」

「這不合道理。」

說完這句話，我們在轉角停了下來，姜勤沉默良久，緩緩說道：「複製人的存在本身，就是不合道理的。」

這句話讓我愣在原地，無法反駁，最終忍不住苦笑道：「原來你是反對複製那一派的？」

「本來不反對的，可在這裡做得久了……」姜勤搖搖頭，沒有否認。他摸了摸自己頭上隱隱滲出血跡的紗布，「一共有四次吧。」

「什麼四次？」

「我來了以後，我爺爺死過四次。」

「……」我突然覺得自己的心臟開始收緊。

「第一次，我哭著求他們放過他。」

「……」指尖開始出現了尖銳的刺疼。

「第二次，我打了回收人員的臉。」

「……」忍不住將拳頭握緊。

「第三次，我求他們不要再製造他了。」

「……」我想嘆出一口氣，但那口氣卻卡在喉嚨怎麼都吐不出來，那是一種無以言語的窒息和憋悶感。

「第四次……」姜勤說到這裡，卻住口不言，神情略帶迷惘。

我見他欲言又止，便說道：「如果不方便說，還是別說了。」

「沒什麼需要隱瞞的，第四次，我什麼都沒做。」姜勤笑了笑，但我卻無法從他眼裡察覺到一絲一毫的笑意，「我不僅什麼都沒做，而且連難過的情緒都沒有多少。」

「……」

「是不是覺得這個變化很無情？」姜勤不等我回覆，便自顧自地回答：「我也覺得挺無情的。」

「既然覺得無情，為什麼還在這裡？」

「也許是因為薪水高？」姜勤自嘲地笑了笑，隨後說道：「不管怎麼說，我還是記得我最初是為什麼來的。我到這裡六年，爺爺死了四次，可我沒來之前的三年，我知道我爺爺至少死過十二次了。」

「他都是怎麼死的？」

「各式各樣，不過大多數，是因為技術不夠成熟，他的大腦和身體出現排斥反應……至於少部分，是強制回收；最後一次，是他自殺，大概是在兩年前，他也只自殺過這一次。」

聽到這裡，我心中微微一沉，是兩年前的自殺，讓姜肅生徹底絕望了嗎？而在那個時候，他開始策劃了建立奧米勒斯教？

「可我有一點很疑惑。按照道理，如果要複製某一個人，必須要有他的基因標本；一般人每年都會體檢更新，可這些東西也都只會保留在家人手裡，公司怎麼會有姜先生的基因標本？」

「應該是用事先保存好的基因標本，這標本到底怎麼到公司手裡的，我現在仍然不知道。」說到這裡，姜勤似乎無意繼續追究這個話題。「不管怎麼說，這一次，我很高興，他終於可以休息了，我也可以辭職了。」

說到這裡，他的手做邀請狀的向前一伸，路的盡頭是姜肅生的房門，姜勤滿臉誠懇地對我說：「快點讓這場噩夢結束吧，讓大家都有個解脫，麻煩你了。」

面對這樣的懇求，我就算心中有再多的困惑和糾結，也沒有辦法拒絕。因為他說得沒錯。

不管如何，這一場噩夢，真的該結束了。

我從姜勤的身邊擦肩而過，腳步踩在白色大理石地板上，發出略帶迴響的腳步聲。在我艱難地說出一句「辛苦」之後，身後傳來了隱隱的抽泣聲。

我沒有勇氣回頭，只好面向前方，伸出手，敲響了門。

指節只來得及在門上敲下第一聲，門就迫不及待地打開了，姜肅生看上去似乎在門後等了很久，他滿臉欣喜，彷彿要去參加婚禮一般，迫不及待地問出了一句話——

「我今天可以死了嗎？」

我怔住了，心中一片空白，不知道一下子該做何回應。

姜肅生沒有立刻得到我的回答，臉色頓時一沉，「我問你，我今天到底能不能死啊？」

「如果正常走完程序的話。」

「還有什麼程序？程序不是已經都做完了嗎？」

「我還有一些問題想問您，姜先生。」

姜肅生眉毛微挑，上下打量我幾眼後，便露出了一個詭異的笑容，「啊哈哈，讓我看看，竟然來了一隻不聽話的猴子啊，這點倒是挺像你老子……這可真是個驚喜。」

「姜先生，您的意思是？」

「沒有人告訴你我的話不能信嗎？」

我腦海中閃過林蕭然的身影，搖搖頭，否認姜肅生的判斷。「沒有，為什麼姜先生您會這麼認為？」

姜肅生沒有回答，而是轉身往屋內走去，同時手指向後對著我勾了勾，「進來，把門帶上。」

我走進去，驚訝地發現，原本混亂的半邊房間，竟然被打掃得整整齊齊，所有的東西都被放在該放的位置，讓我本來做好準備的內心忍不住微微一鬆，可之後便聞到了一股水彩顏料的味道。

於是轉頭看向另外一邊，另一邊被畫滿了各種不規則的形狀，所有的形狀都是連接的，那些形狀裡填充一些色塊，有紅色，藍色，黃色，還有一些白色。

四個顏色的大桶擺在一旁，分別插著四支大刷子。

他在做四色問題（註1）？在這人生中的最後一天？

「東張西望個鬼啊，坐。」姜肅生指了指一旁的沙發，而他自己則靠在搖椅上，一搖一搖的樣子好不自在。

我拘謹地道了聲謝，坐到椅子上後，還沒把箱子放下，就聽到姜肅生問我——

「你是不是不想幹了啊？」

「啊？」我一下子沒明白他的意思，「姜先生您的意思是？」

註1　「四色問題」最早是由英國數學家法蘭西斯・古德里（Francis Guthrie）在一八五二年提出的，主要探討「是否只用四種顏色就能為所有地圖上色」，亦被稱為「四色猜想」。

「你如果不是不想幹了，對我問東問西幹什麼？現在一堆人巴不得我趕快死，連我自己都是。這麼麻煩的一個惹禍精，不處理了難道還在家裡供起來？」

「我不明白。」

「不明白啥？」

「我明白您為何如此不擇手段也要達成這樣結果的理由，但我不明白您為什麼可以這樣一點都沒有不捨，一點都沒有恐懼。」

我看著姜肅生，同時將箱子擺在我和他之間的茶几上，拍了拍，「您要的東西在這裡，如果您真的那麼堅定，我可以承諾，您在今天一定可以如願以償。但我希望您回答我一些問題，哪怕是為了您的外孫都好。」

「外孫？」姜肅生撇了撇嘴，「我之前都和他道別過了，還想幹麼？」

如同是郊遊前知會家人一般的口吻，輕鬆得不像是死亡，他的思維方式真的讓人費解。

「那我換個問題。」我嘆了口氣，只好將這個問題放到一邊，問我最在意的一件事。「姜先生，奧米勒斯教，真的是您……創建的嗎？」

姜肅生毫不避諱這件事，大方承認，「喔，可以這麼說。」

這個回答耐人尋味。

如果答案是「可以這麼說」，那麼其實也等於「可以不這麼說」。

為什麼這個答案可以是不確定的？

我心裡有了這個疑惑，可相比這個疑惑，我更關注另一件事，「您為什麼要這麼做？」

姜肅生聽到這個問題後皺起眉，然後伸出一根手指撓了撓自己的後腦勺，「不夠明顯？我應該已經把『不想活』這件事表現得很清楚了。」

不對，他在撒謊。

如同靈光突至，一個在腦海中搖搖欲墜的謎鎖豁然碎裂。

他是姜肅生，他有無數方法把第二人生這間公司弄得焦頭爛額，卻又偏偏選擇了最麻煩的一個，並且還是代價最大的一個。

想想看吧，一個近乎被稱為偉人的科學家，為了讓自己死去，用的方法是偷偷摸摸組裝一臺電腦，設計一個病毒，再用一些現在還沒有查出來的方式，建立了以自殺為最終教義的奧米勒斯教。然後讓其慢慢發酵，花費兩三年的光景，逼迫第二人生公司殺死他，並再也不敢將他復活。

有必要嗎？

正當我想步步進逼地詢問，心中卻突然一動，決定改變策略。

「我一直以為自己在您面前確實是一隻猴子，現在看來不是啊……」

「啊？」

「這麼拙劣的謊話都說得出口，姜先生……冒昧地問一句，比起三十年前的您，現在的您是退化了嗎？」

姜肅生的臉色一下子陰沉起來，他冷冷地看著我良久，「你的膽子比我想像得大。」

「若是您可以長命百歲，我可能膽子就會小一些了，可如果情況不變，今天將是您在世的最後一天。」我手心捏著汗，緩緩開口繼續挑釁，同時緊盯著姜肅生的反應，「如果只要從樓下就能買到一盒草莓牛奶，我為什麼要跑半座城市呢？僅僅是想死而已，為什麼還要做出這些事？」

「你說的是哪些事？」

「建立奧米勒斯教，讓複製人們自尋死路。」

姜肅生做出恍然大悟狀，「原來你是說這種事啊？」

雖然早就料到姜肅生並不在意這些事，但聽到他的口氣還是忍不住怒上心頭，「這種事？你認為它毫無你在意的價值嗎？」

「不是。從數字上看，這兩年可能已經死了不少人了吧，怎麼會毫無價值？」

姜肅生否認了我的話，可他眼底依舊沒有一絲一毫的憐憫和愧疚，「但對我來說沒有意義，就像我在意的是體重，你卻非要讓我用身高去比較。」

我的怒火更盛，可在看到姜肅生那略帶譏諷的嘴角時，宛若一瓶冰涼的水從頭澆下，我突然意識到一件事——

「……我懂了，為什麼你要用如此麻煩的方式。」

姜肅生眼睛瞇了起來，「說來聽聽看，如果答案讓我覺得有趣，我還真的可以告訴你一些事，當然，是真的是假的就不一定了。」

「你寧願自己痛苦地活著，也不願意毀了公司。你要讓公司放你走，但又希望公司依舊能夠完好的營運，所以你只有這麼做才行，否則公司是不會讓你就這麼離開的。」

姜肅生的臉色變了，眉毛輕輕地抽動，但卻沉默不語。我看到他放在白色實驗袍裡的手忍不住伸展，將實驗袍的布料繃直。

「為什麼？」

我甚至沒有確認姜肅生的回答，直覺少見地越過邏輯將這件事認定為事實，在此之後，我迅速明白了自己為何會有這樣的直覺。

「你既然可以做一個病毒郵件讓資訊蔓延出去，那麼將自己的經歷一起傳播出去也不是難事。多年不人道的實驗才讓你誕生，包括非法囚禁、虐待等，這是踐踏《複製人保護法案》的實證，公司根本頂不住，最好的結局也是被收為公有；最糟的情況甚至可以直接毀掉當前的複製人體制，僅僅是減少甚至禁止複製人生產，就足夠讓公司毀於一旦，到時候你就算真的想死，也完全沒有問題……可你什麼都沒說，為什麼？」

姜肅生氣質中那一直沒法隱藏的乖戾在此刻似乎消失了，他微微低著頭，臉上的表情透著三分糾結，似乎連他自己都不知道該怎麼回答。

隨後他陡然站起，走到一旁的咖啡機，按了按鈕後，隨著水流聲響起，淡淡的咖啡香蔓延。他端著杯子回來，抿了一口咖啡後，已然恢復了平靜。

「換個問題吧，這個問題我不想回答。」

第九章

永航的船隻，失去的自我

「為什麼不方便回答，這個不可以說嗎？」

「那和直接回答你有什麼區別？猴子！」姜肅生鄙視地看著我，神情也漸漸不耐起來，放下咖啡杯，轉身走到一旁，從紅色顏料的桶裡拿出長柄刷子，對著頭頂天花板一塊插進圓形的三角形裡塗了起來，「比起你的蠢問題，還是讓我找點樂子吧！」

我看著這個穿著白色實驗袍的人，他的側臉在窗外陽光照耀下，打下了部分的陰影，讓他眼神的桀驁平添三分陰沉。我知道他的精神年齡並不小，可在他身上卻看不到一點蒼老，一點都沒有一般老人的平和與淡漠。他頑固到尖銳的特性實在讓人無法接近，讓我也感到疲憊。

我忍不住開口，「真的很難想像，你會喜歡申屠那樣的外孫。」

姜肅生挑眉，沒有轉向我，而是把長柄刷子放回紅色顏料桶，再拿了支藍色的出來，繼續玩他的四色問題，「也許以前會喜歡，現在，也不行了，他也快變成猴子了。」

「數學好不好有這麼重要嗎？重要到你可以漠視自己生命中那些很重要的

人？」

「很重要，不過這件事跟我說的沒什麼關係。」姜肅生一邊刷著牆壁，一邊心不在焉地隨口問著問題，「你小時候有喜歡的玩具嗎？」

我自然點頭，心裡浮現了小時候英雄玩具的畫面，卻怎麼也想不起那個英雄的臉長什麼樣子，不由得感到些許惆悵，「每個人都有吧。」

「現在還喜歡那些嗎？」

「……我畢竟是成年人了，興趣多少會有些變化。」

姜肅生點點頭，「我也一樣。」

簡直是歪理！

我忍不住壓低聲音，遏制自己的怒火，「可您面對的是人，會難過、會憤怒、會為了您打自己兄弟的外孫！」

「沒有區別。」

我哼了一聲，「哪裡沒區別？」

「我自己沒有區別。」

「……」這個答案倒是讓我意外了，同時這個答案也讓我一頭霧水，話都不知道該怎麼接。

「我的記憶裡，我知道的是那個活在上世紀的人，從小成長，學習，結婚，生兒育女，該有的經歷我都有了，到死為止，我都擁有完整的人生。如果一定要說點不滿的話，那就是死得太早，讓林仁凡占了便宜，否則哪裡輪得到我給他打工？倒過來還差不多！」

姜肅生臉上滿是不服氣，他憤慨地拿著長柄刷子亂揮，彷彿像個蹩腳的樂隊指揮家，「我這輩子除了生孩子，就沒輸給他過！」

「呃，從您的履歷看，你們生的孩子數量是一樣的，不分勝負，甚至從時間上說，您還比他更早結婚生子……」

姜肅生不耐煩地打斷我，「誰和他比數量比速度了？重點是他生的是孩子，我生的都他媽是猴子！」

嗯？從他的性格來看，看來他相當欣賞林仁凡的孩子啊……

確實，從林蕭然的生平來看，不能不說是一個優秀的人，甚至在某些方面來說，將他評為天才也不為過。

「第三代裡好不容易有個還不錯的苗子，結果我死了以後，外孫就變成現在這個樣子……老婆也死了，林仁凡也快死了，我生前的一些理論也被活著的林仁凡推翻，還有一些理論則被他吸收，這樣活過來的我，竟然還要學習他當初的論文才跟得上時代……」姜肅生的語氣裡漸漸溢出了蕭瑟之感，「這還是我姜肅生嗎？」

「和這個沒有關係。在我們眼中，您依舊是有史以來少見的科學巨人，姜先生。」

姜肅生嗤笑一聲，他似乎根本不把這件事放在眼裡，而是當個愚蠢的笑話來看，「我問你，你有經歷過親人或者朋友永遠離開的事嗎？」

自然是有的，首先母親雖然被複製，但我曾經失去母親是一件真實無比的事。不僅僅是母親，還有我其他的親人、朋友，還有一些同學因為疾病以及意外失去生命。

這並不少見。

「你聽到這些認識的人去世消息的時候，是什麼感覺？」

「悲傷，這是顯而易見的事。」我聳聳肩，毫不猶豫地回答。可同時我也奇怪他為何會問這樣的問題。

「你對自己產生這樣的情緒就沒有過疑問嗎？」

「疑問？」

「你為什麼會悲傷呢？」

「親友永遠的離去當然是一件值得悲傷的事，這件事本身就是悲傷的理由。」

「然後你就會陷入自己悲傷的情緒裡，回復過來以後，覺得自己是一個有血有肉有感情的人，再一次感受到無比真實的活著。」姜肅生將藍色的長柄刷子放回桶裡，又抽出白色的長柄刷子在牆上的半個扇形裡塗抹了起來，同時毫不留情地諷刺，「真是對自己溫柔且愚蠢的活法。」

「您……」

「讓我來告訴你吧，蠢貨。你悲傷，是因為你的人生中，有一個部分永遠的消失了，在那一個部分沒有被其他東西填補上之前，你會永遠無法逃避那種悲傷。你的悲傷並不是來自他人的死亡，更多是來自生命的缺失……而那種悲傷，和你出了

車禍，永久性地斷了一條腿沒什麼區別。對你來說，這都是生命中的失去，你並不是因為對方的痛苦而痛苦，因為對方已經死了，他再也感受不到痛苦了，你是因為自己的痛苦而痛苦。」

「也許吧。」我聽著有些不舒服，但並不打算反駁。事實上，我也確實沒有辦法否認自己一點都沒有這方面的感覺。

至少，聽到那類消息時，那種空蕩蕩的缺失感，的確是真的。

「聽不懂了嗎？猴子。」姜肅生的口氣尖酸刻薄，一點掩飾的想法都沒有。「那聽過『忒休斯之船』嗎？」（註2）

「……沒聽過。」

姜肅生瞥了我一眼，那眼神彷彿是看一個智障，眼裡充滿了憐憫和不屑。「這是說一艘船的，一艘可以在海上航行幾百年，幾乎永遠都不會沉的船。」

「那又怎麼樣？」

註2　忒休斯之船（Ship of Theseus）意指希臘作家所提出、關於同一性悖論思維的探討。如果忒休斯之船在航行途中逐一替換損壞、老舊的零件，到最後這艘船還能稱得上是最初的那艘船嗎？

「知道那艘船為什麼可以一直航行下去嗎？」

「……」我突然覺得心裡有些發寒。

「船上的人會不斷丟掉壞掉的零件，換一個新的上去，來保證它永遠可以使用。」姜肅生露出近乎惡作劇一般的笑容，幸災樂禍地提出了一個問題：「然後問題來了，猴子，試著用你那生鏽的腦子想一想，當這艘船所有的零件都被換過了，這艘船，還是原來的那艘船嗎？」

「……」我茫然地看著他，無法回答。我知道他說的是自身，可我更知道，他腦中的記憶和原來的姜肅生並無多大區別。

但是。

但是，終究不是原來的他了。

「少用那種憐憫的目光看我，你以為你們能好到哪去？」放下長柄刷子的姜肅生看到我的表情，眼裡嘲笑的意味更濃了。他走到一邊，將白色的長柄刷子換成紅色的，他盯著刷毛上不斷滴落的紅色顏料，唇瓣開合著，森然露出潔白牙齒。「這個問題還有更進一步的疑問。如果你覺得這艘船不是原來的那艘船了，那麼，它究

竟是從什麼時候開始不是的呢？是第一塊木板被換掉的時候嗎？還是說，是最後一塊零件被換掉的時候？還是說，是超過一半的時候？」

「您到底想說什麼？」

「人體細胞的更新週期大概是一百二十天到兩百天，一般六到七年，就會完成全身的細胞更新……自然就可以推斷出一個真理。」姜肅生提起了紅色的長柄刷子，驀然轉身，在我的腳前猛地揮下！

「啪！」

一聲輕響，紅色的顏料在我腳邊的不規則四邊形裡染上了鮮血一般的痕跡，隨著姜肅生的拖動，他冷漠的聲音傳了過來——

「所謂成長，所謂生存，就是你自己不斷死去的過程。」

我只覺得自己臉頰一涼，忍不住用手抹了一下，發現指尖上染上了紅色顏料，彷彿凝固的血液，黏在皮膚上洗都洗不乾淨，沒來由地感到一陣害怕，同時聽著姜肅生繼續闡述他的觀點——

「不僅僅是細胞，精神上不斷的成長，不斷地修正自己對世界、對自己的認

知，這何嘗不是一種死亡？幼稚的你死亡了，成熟的你才會誕生，愚蠢的你死亡了，你才有可能變得睿智。

你有什麼資格去同情複製人？我們都在趕路，只是我開了快車，而你在騎馬，我是科學的死亡，而你是自然的死亡，本質毫無分別。你早就不是當初那剛剛生下來的嬰兒了，那個嬰兒早就死了！」

當他說完這些話，同時也收回了刷子，在我前方兩塊不相鄰的圖形已然被他塗成紅色。

「我從來不覺得複製人本身是一種可憐的東西，可憐的，是你們看向他們可憐的目光。」姜肅生手上的刷子上，緩緩滴落了一滴紅色的顏料，如同武士拿著一柄染血的刀，他的言辭如同他的氣質一樣鋒利如刀，並刀刀見紅。「少拿那種居高臨下的視線來評價了，奧米勒斯教是邪教？難道你現在所處的社會就不是了嗎？連複製人的生死都無法讓他們自我掌控，我這麼多年來只能在這幢建築物裡走動，而活動範圍只有三層樓，我一次次地被病痛折磨死，被他們殺死，最後連自殺都沒辦法結束這地獄一般的生活！

相比之下，奧米勒斯教……才是最適合現代複製人的救贖之路。」

什麼意思？

我陡然從沙發猛地站起來，一種莫名的恐懼浮上心頭，「您……您這是什麼意思？」

「你覺得，我為什麼要選擇現在死呢？」

「……」

「因為死亡不是結束。」姜肅生的言語莫名地帶著一股動搖他人心神的力量。

「恰恰相反，這才是真正的開始。」

「所以說，我在問您，到底是什麼意思？為什麼沒有結束？」

「我不會告訴你，但你可以猜。」

我閉上眼睛，深深吸了一口氣，隨後緩緩吐出，將腦中那些紛亂的雜念一起排出。房間裡只剩我和姜肅生的呼吸聲，還有他換著長柄刷子的聲音。

聲音漸漸遠去。

我卻感覺到自己不斷下沉，下沉的過程中變得越發冷靜，卻也愈來愈難以呼吸。因為空調而顯得乾燥的空氣裡，隱隱透著還沒喝完的咖啡淡香……

那位每一次都會泡咖啡的林蕭然，那玩世不恭的表象下，堅定要結束一切的態度，那不惜一切也要結束事件的態度。

等等！

我突然想起林蕭然說的一段話——

「他對這個世界滿懷惡意，甚至到了死都不願意活在這個世上的地步。他不說，是為了作惡；他說了，也是為了作惡……你甚至沒有辦法判斷他說的是真話還是假話，你鬥不過他的。」

這句話，不對。

可既然不對，他為什麼要這麼說？他是不清楚嗎？還是說……

他有別的目的？

一道靈光如同電流一般從脊椎向上直沖，在大腦裡激蕩出道道漣漪，我的呼吸忍不住微微一滯，抬起頭，睜開眼看著自顧自畫著四色問題的姜肅生說道——

「我一直很奇怪，為什麼您當初會幫我查奧米勒斯教的事，應該不僅僅是申屠還有父親的關係。」

姜肅生轉頭，將手中的長柄刷子擱在自己的肩膀上，對我露出笑容，表情略帶驚訝，「不錯，思路倒是還算可以。」

「現在想想，您是因為我們查不出來，所以著急了吧？」

「沒錯。因為我那時才發現，原來一個群體開始做事，決定成敗的竟然不是聰明的那個，而是白痴的那個！花了那麼多人力物力結果什麼都查不到，蠢得簡直感動上天……一個個都是未開化的猴子！」姜肅生鄙夷地咒罵著，最後還很不文明地豎起中指，也不知道他是在罵誰，好一會，他才平靜下來對我揚了揚下巴，「接著說。」

「但有一個資訊一直沒有辦法得到確定，而這個資訊是您告訴我的。」我緊緊盯著他的眼睛，不放過一絲眼神變化，「您當時說，公司裡有內鬼。」

姜肅生不置可否地點點頭，「我是說了。」

「那不僅僅是為了讓我們查到您吧？」

姜肅生呵呵一笑，「你說呢？」

「林專務這次的態度很堅定，他想要將這次的事件結束，無論用什麼方法，甚至任何代價，恐怕他都不會在意……我開頭以為他純粹想要快刀斬亂麻，想要平息事態，但如果從另一個方面考慮，如果參與奧米勒斯教的人，不僅僅只有您呢？還有一個人，還有一個人在公司，而這個人，林專務他知道。」

我看到姜肅生臉上的表情變得平靜起來，臉上的譏諷和桀驁也消失不見。他把長柄刷子放回桶裡，走到剛才的沙發重新坐了下來。

「很有意思的猜想，還有別的嗎？」

「不僅如此，按照林專務所說，因為公司對您的不人道，導致您對這個世界充滿惡意，可問題是……您卻連毀掉公司都不願意。」

「……」姜肅生的眼睛瞇了起來，眼神變得有些危險。

「如果他知道您的態度還說這件事，那事情的性質就變了。林專務對我說謊了，他看上去似乎是想保護公司，他讓我也以為這一切都是為了公司，為了當前的複製人體制不被崩潰，但如果這個推斷成立，恐怕不止……他是想保護其他人吧？」

「……」

「當內奸的消息被證實之後，他發現公司並不僅僅是您在參與這件事，還有別人……而在複製人監察廳以及政府的壓力下，他必須做出選擇，他必須選擇到底犧牲誰。」

「……」

「……最後，他選擇了您，姜肅生先生。」

「……」聽到這裡，姜肅生的眉毛忍不住抽搐了一下，他站起來，向一旁走去：「看在這段猜想的分上，給你一杯咖啡做獎勵吧……這個猜想，很有趣。」

「您對死亡沒有抗拒，甚至還有所嚮往；他承諾了您永遠的安寧，但您必須把一切罪責都擔下來，沒錯吧？」

「……」

「所以他即便扛著董事會的壓力讓人來拷問您，他也知道……您絕對不會開口的，因為只要您不開口，您就可以死了。」

「喏，這就算是安慰獎了。」姜肅生端著咖啡，將其放到我面前。我看到杯子裡漆黑一片的液體，知道是黑咖啡，顏色很深，深得讓我看到了對面姜肅生的倒影。

「公司裡至少還有一位奧米勒斯教的成員，那個人是誰？是不是他背叛了您，將病毒郵件擴散到普通人之中？」

姜肅生面無表情：「你猜？」

他果然不會說。

雖然早有預料，我心中忍不住出現了些許失望。

「況且，就算你推斷的沒錯，就算我真的告訴你內鬼是誰，你難道敢查嗎？」姜肅生再一次露出了嘲諷的笑容，彷彿在嘲笑我們的軟弱和無能，「你覺得，誰會支持你？在這件事結束之後再扯出點新的內容來？」

他說得沒錯。

公司從上到下，沒有一個人會想節外生枝，他們恐怕更多是想把這一關盡快熬過去。就如林蕭然所說的那樣。

這件事，必須盡快結束。

我突然發現，此刻的姜肅生，就如同《從奧米勒斯城出走的人》裡，那個被關在地下室的孩子。

他被犧牲了。

而我和林蕭然都是奧米勒斯城裡的人，明明知道他是被犧牲的，卻懦弱到無法幫助他。第二人生公司此刻便是建立在姜肅生的犧牲上。

任何人都沒有辦法去幫他，想要幫他的人，也不會得到任何援助，甚至會被阻止。

「真醜啊……」

姜肅生突然感嘆著，臉上的神情漸漸變成了厭惡，「就和林仁凡那個膽小鬼，就像概率一樣醜陋……」

「不喜歡概率，為什麼還要做AI？」

「正因為不喜歡AI，他才會需要我來開發……因為我是不得到唯一解，就不會認輸的人，和他那種懦夫可不一樣。」說到這裡，姜肅生憤憤不平地哼了一聲，「概率，那種憑藉運氣一樣的東西來決定答案，不知道就不知道好了，一定要來個『答案可能會是這個數字』的概念，然後告訴別人他會做這道題，簡直就是不要臉！」

這個想要否定整個概率學的科學家，擁有一股絕不鬆手的韌勁。

「好了，你也已經問了不少問題了，剩下的問題我都不想回答了。」姜肅生指了指一旁已經被填上顏色的一半房間問道：「等我填完，我就上路。」

「……」

「沒問題吧？」

「……」

「到底行不行，說話，不行我找人換你！別浪費我時間！」

「好的，沒問題。」我帶著不甘，握著拳，低頭輕聲說道。

姜肅生發出滿意的笑聲，笑聲中有著由衷的喜悅。他再次站起身，走到一邊再次開始玩他的四色遊戲。

這個近代三大數學難題之一的四色定理，在他眼中彷彿只是個臨走前的遊戲，和電車上那些用數獨當作娛樂的人們差不多。

而據我所知，目前還沒有單純靠人力就能輕易解出四色問題的人，因為證明四色定理能夠成立的，在這之前都是電腦用龐大的資料堆出答案來的。

而今天，我彷彿能夠看到一個奇蹟的誕生。

姜肅生如同頑童一般，雙眼閃爍著極為單純的光芒，滿是愉悅地思索，然後將自己選擇的顏色填進那一個個形狀。

他彷彿在拼自己人生的拼圖，當最後一塊被拼上時，我才注意到，時間不知不覺已經過去。四色問題，在這個男人遊戲一般的娛樂下，被解決了。

「完成了，結束了。」

姜肅生臉上帶著些許疲憊，仔細地檢查一遍後，才欣喜地點頭，「沒錯，完成了，真的結束了。」

我不知道他是欣喜這個問題的結束，還是他人生的結束。

也許兩者皆有。

「我可以死了。」

姜肅生對我說這句話的時候很認真，他真的非常重視這件事，竟然用很禮貌的方式對我道了聲謝：「麻煩你了，謝謝。」

「……您真的沒有什麼要說的嗎？」事到如今，我知道生死方面已經沒什麼好勸說的了。可看他如此瀟灑，如此迫不及待地想離開這個世界，我終究還是感到了不忍。

有對申屠的。

也有對他的。

「有。」他點點頭，用很誠懇的語氣對我說道：「我真他媽討厭你們這群傻乎乎的猴子，光看你們一眼就覺得對自身的智商是一種傷害，和我說話盡量把臉轉過去，看著真蠢。」

第十章
殘忍的假象，真實的願望

姜肅生終究是一個不討大多數人喜歡的人。他一直活在自己的世界裡，周圍的人事物對他來說不過是一個互相影響的觀察對象。

包括親人，朋友，對手。

他也許曾經投入其中，可在以複製人的方式被製造之後，卻發現了自己和他人之間那條看不到的線。

我沉默地打開箱子，先將那個被裝在瓶子裡的天堂鳥拿出來，然後是安樂死的藥物，再掏出一瓶水。可還沒有來得及找杯子，就被姜肅生拿走了藥瓶。

他對桌上那朵代表他的天堂鳥一點興趣都沒有。

他瞇著眼，透過瓶子裡那一粒藥丸，露出我看不懂的笑容，「這就是那個藥？可以讓我死的藥？叫什麼？」

「沒錯。」我點點頭，同時將藥的特殊性也告訴他。「這個藥物是公司研製出來的複製人安樂死藥物，『沉睡』系列第四代。」

「第四代？看來前面還有三代？」

「兩年前，為了減少複製人死去的痛苦，以及減少對複製人死後器官的損傷，無論從複製人權利以及利益來說都是必要的，所以在林專務的推動下，公司成立複製人藥物研究部，開始針對藥物最佳化進行研究。」

「兩年就修改了三次配方嗎？砸了不少錢啊。」姜肅生略帶訝異地揚了揚眉毛，似笑非笑地說道：「林蕭然倒是捨得。」

說著，他轉開瓶蓋，將裡面那一粒藥丸倒在掌心，盯著它，略帶痴迷。如同夢遊一般，姜肅生重新坐到我的面前，直到這時，他才看了一眼被放在桌上，裝著天堂鳥的玻璃器皿。

「你見過它開花沒有？」

「見過。」

「喔。」姜肅生點點頭，然後又詢問，「知道它開花後有多少花瓣嗎？」

「抱歉，我沒有數過。」

姜肅生皺眉，他把藥放到一旁，捧起盛著天堂鳥的器皿，仔細看了瓶子周圍。「你打得開嗎？」

「這是密封的，恐怕不……」

我話還沒說完，只見到他驀然雙手高舉——

我大驚，「等等！停！你要幹麼？」

「當然是砸碎，把它掰開看看有多少花瓣啊……」姜肅生一臉理所當然地說道：「我知道這個花是特殊培育出來的品種，要我死的時候它才會開花，可那時候，我就不知道它花瓣有多少瓣了吧？」

這到底是什麼邏輯？

我只覺得額頭冒汗，「這不能砸，姜先生。沒有它，程式就不完整。您不想有任何因為程式上的意外，讓您最後這一段路走得不順利的狀況發生吧？」

姜肅生發出了「嘖」的一聲，有點不情願地把它放下。

「您為何這麼在意這個？」

「費波那契數列。」

「啊？」

「我就是想看看這個特殊品種是不是也符合費波那契數列。」姜肅生略帶遺憾地說道：「大自然好多花都是按照這個規律來的，只是看來這輩子是沒辦法知道這一朵是怎麼樣的了。」

「比起這件事，如果您想留什麼話給申屠……」我不放心地轉頭看了看門外，然後對他悄聲說：「我可以看情況轉述。」

姜肅生挑挑眉，似乎對我的大膽有點意外。「……背著林蕭然這麼幹，你是不想幹了嗎？」

「他是我朋友，很好的朋友。」我說到這裡，頓了一頓，感受著內心的愧意和羞恥，「但我最近，恐怕沒什麼臉見他了……所以，所以您如果有話給他，我會很感激您。」

我感覺到自己的聲音裡近乎帶著懇求，但已經不在意了。甚至對自己說出的這句話，也沒抱多大希望。

姜肅生不是一個會在意別人感受的人。感激不感激的，對一個將死之人更沒有什麼意義……不，恐怕他就算繼續活下去也不會在意。

「……果然，猴子比較喜歡團抱取暖嗎？」

聽到這句話，雖然本來也沒抱多少期望，卻依舊忍不住心一沉。

不過接下來姜肅生的話，卻讓我感到了些許驚訝。

「好，我可以留一句話給他。」

「謝謝。」

「但我不會白留，你得幫我做一件事。」

「什麼？」

「回家後踢你爸一腳，再罵他一聲沒出息。」

「……好。」

他探過身子，低聲告訴我他要傳給申屠的話。在我忍不住詫異的時候，他迅速收回身子，彎腰將藥丟進嘴裡，同時直接用我拿出來的水瓶，也不用杯子，對著嘴灌了幾口，就吞了下去——

他把藥吞下去的瞬間，眸子閃閃發亮。不知道是因為渴，還是別的什麼情緒，他不斷地喝水，瓶口一直對著嘴沒有放下。

直到水瓶直接落到地上，沒有喝完的水因為落地灑出而在地上蔓延。

而後，他膝蓋一軟，向地面倒去——

我連忙上前扶住他，心中沒有多少悲傷，可那種失落的空虛感，卻變得更濃烈了。我感受著自己的內心，忍不住輕嘆一聲：忒休斯的船，似乎掉了一塊甲板呢……

「送……送你……一句……」

姜肅生看上去已經開始神智不清了，發出囈語般的聲音，我連忙低頭，將耳朵湊上去——

我聽到他含糊不清，斷斷續續地說道——

「奧米勒……斯……沒有結束……死亡……便是新生……」

我的身子忍不住一顫，連忙問道：「什麼意思？」

姜肅生已然沒了回應，桌上的天堂鳥緩緩地綻放，玻璃器皿裡飄浮著不知名的光點，並不刺眼，卻讓我不忍直視。

我驀然一咬牙，低聲吼著，向已經死去的他問道——

「你給我說清楚啊！」

閉著眼的姜肅生，嘴角掛著不屑的笑，不再回應我這隻猴子了。

一個小時後，我看著面前已然盛開的天堂鳥，身邊的工作人員小心地把姜肅生放進袋子裡。

現在已經是下午四點。

他死去的樣子很安詳，連眉間的冷意也消失了，他，變成了它。

我數了數盛開的天堂鳥花瓣，在心裡告訴他——十三片，符合費波那契數列。

您說得沒錯，姜先生，這花是再自然不過的東西，複製人和一般人，本就沒什麼區別。

我轉身看到站在門口、臉色蒼白的姜勤，他怔怔地看著放著姜肅生的袋子被拉上拉鍊，放在擔架上。

我走過去，對他說道：「節哀。」

「我以為我會更高興一些，或者更難過一些。」姜勤嘴唇乾裂，嗓子如同多年不曾使用的水管，艱澀而吃力。「這下，應該是真的結束了吧？」

「……結束了。」我帶著不安，違心地說道。

「我昨天遞交了辭職信，今天他走了，我的工作就結束了。但現在卻有些後悔是不是交得太快，總覺得可能過段時間……他又會活過來。」

「他不會再活過來了……」我斟酌著用詞，最後還是很彆扭地說了一句：「放心吧。」

那位在生和死之間徘徊的親人，如同噩夢一般纏著姜勤數年，而從今天開始，他應該可以睡個好覺了。

「希望吧。」

「接下來準備去哪？」

「去不是這裡的地方就好……哪裡都好。」姜勤顯然沒有太過長遠的計畫，但他決定先動起來，他抬起頭對我說道：「我送你？」

我搖搖頭，「不對，是我送你才對，你再也不是這裡的員工了。」

姜勤啞然失笑地點頭，「對，是你送我才對。」

於是我等著姜勤走向一邊的桌子，拿起早就已經整理好的紙箱，裡面放著他的一些雜物，沉默地跟著他離開。到了一樓，他交回工作證，看著保全註銷他的進入資格，指紋和視網膜等資訊也被刪除。

「這麼多年，辛苦了，姜先生。」保全是一名三十多歲的男子，略帶傷感地點點頭，「希望有機會還可以一起喝喝茶。」

「謝謝，有機會的話，一定。」

我目送姜勤上了計程車，過程中他探出頭來對我說：「對了，關於我表弟的事……」

說到這裡，他頓住了，我默默地看著他。

「算了，再見吧。」他苦笑一聲，把車窗關上，之後便在我的視野中遠去。待計程車從遠處的轉角離開，我收回視線，轉身走向地下車庫，繞了一圈，找到公司的白色賓士，可若嵐並沒有在裡面，不由得有些奇怪。

往常她應該會在車裡等的，如果不在，也會發訊息告訴我去哪裡找她才對。

理了理紛亂的思路，決定發個訊息詢問。結果我才剛掏出手機，眼角餘光不經意地一瞥，發現了一側的電梯口附近的燈光下，林蕭然正在跟某人對話。

他怎麼也來了？

心下奇怪之餘，我便忍不住想要上前。但在我即將走過最後一個承重柱邊的時候，聽到的話，讓我怔在原地。

「這件事已經結束了，我會全部都處理好的，只要你別亂來，就不會有任何後果。」

他在跟誰說話？

才剛剛結束今天工作的我，聽到這一句話的時候，自然聯想到了一些事，讓我忍不住屏住了呼吸。

「……我會怎樣與你無關。」冷漠而熟悉的聲音從轉角處響起。我只覺得自己的心在一瞬間漏跳了一拍，前所未有的恐慌和憤怒燃燒了起來。

我忍不住悄悄探出頭去，看到轉角後的半張臉，同時聽到那句讓我的心沉入谷底的話——

「為了保護妳，我做了很多，我只要求一件事，若嵐，別再鬧事了。」

我渾身冰冷，僵在原地發不出聲音，怔怔地看著那從轉角處露出的淡漠的半張臉。

是若嵐？

為什麼是她？

為什麼要這麼做？

我忽然想起來，會知道那本叫作《從奧米勒斯城出走的人》的小說，就是因為若嵐問我知不知道一種叫「德魯斯」的藥。

雖然並不是沒有可能從別的管道知道這些資訊，但僅僅做為參考，就足以說明若嵐的可疑了。

我真蠢，除了若嵐，誰還有資格讓林蕭然付出這麼多來隱藏真相呢？

「做了很多骯髒的事吧？」若嵐的語調平靜，對林蕭然的話不為所動，話語裡的機鋒卻如同利刃一般毫不留情，甚至可以稱得上尖酸，「讓姜肅生把一切罪名都擔下，還真是辛苦你了……不怕下地獄？」

「我怕，所以別讓我做的這些事白費，若嵐。」

「……」

「我明白了，看來我得換一種方式了。」林蕭然誠懇的態度似乎消失不見了，他的話變得平靜而強勢，「妳很看重修元啊……」

「……你想說什麼？」

「妳把他當作接班人在培養吧？為什麼要操這份心？」林蕭然輕笑了一聲，卻帶著一股冰冷，「是不是怕自己出事後，後繼無人啊？」

「所以你到底想說什麼？」

「我的意思是，妳覺得修元如果知道妳的身分……他會用一種什麼樣的眼光來看妳呢？」

「……到此為止吧，我沒興趣聽你這些胡言亂語，他應該快下來了，你不想讓他看到吧？」

聽到這裡，我頓時微微一驚，連忙小心地後退，躲到一輛白色麵包車後面，他們中途似乎又說了幾句，但我沒聽清楚。

過了一會，我聽到「滴滴」的開鎖聲，而後一輛黑色的保時捷開了出去，似乎是林蕭然。

我低下頭，掏出手機，心情複雜地給若嵐發了一個我已經結束工作的訊息。

過了一會，我又聽到了「滴滴」的開鎖聲，聲音處隱隱有光閃爍，方向應該是那輛白色賓士。隨後我彎著腰，繞了一圈後才直起身子，朝那輛白色賓士走去。

待我坐進車裡後，發現車內的溫度有些高，便裝作不經意地問道：「剛才不在？車裡很熱啊……」

「嗯，出去喝了杯咖啡。」

她在撒謊，臉上的神情也沒什麼變化，不由得讓我有些失望。

「姜肅生……走了？」

「嗯，走了。」

「……」她沉默地將車發動。當開出地下車庫、第一縷陽光照進來的時候，她重新提了一個話題。「聽渝媛說，今天又來了兩封，今天來不及了，所以到明天，你跑一家，我跑一家。最近這種事比較多，別出亂子……有些事，平安度過就好。」

兩封的自殺申請。

聽到這個消息的我忍不住一沉，同時心裡憋著的那股火忍不住冒出了點火星。「平安度過，什麼意思？是讓我不要勸，直接讓他等死嗎？」

「在很多時候……這也不一定是錯誤的做法。」

「妳說的做法難道就對了？」

「不知道，我不知道到底怎麼做才是對的，但是有一點我可以確定──」

車窗外傳來了重型卡車駛過的聲音，沉重而嘈雜，卻遮不住她的聲音。「你可以阻止他輕鬆的死，可你無法代他承受活下來的痛苦，在堅定的死志和劇烈的痛苦面前，任何勸說的話語和風涼話沒有什麼區別，你那些鼓勵的話只會增加他死前的痛苦，讓他覺得自己像個無藥可救的失敗者。」

「……」

「好好判斷，修元，到底哪一種才是客戶最需要的。面對自殺申請，我們要做的本就不是極力去阻止他們的自殺，而是幫助他們選擇最適合他們的選擇，有些人……本就沒有必要繼續活著。」

「就像姜肅生嗎？」

「……」

「那天他就告訴我們，公司裡可能有內鬼，雖然現在查出來他不乾淨，甚至他就是首腦，可不代表……這句話就是假的吧？」

「你想說什麼？」

「我想說，是不是公司裡有人想殺人滅口，來保全自己？」

一陣突兀而刺耳的剎車聲響起，我整個上半身被安全帶勒緊，才將向前衝的慣性緩衝掉。我不由得轉過頭，只見她正用一種我從未見過的表情看著我。

「怎麼了？」我不由得有些不安。

「你在懷疑誰？」

我在懷疑妳啊……

我心裡這麼說著，話到嘴邊卻說不出口，只好抿著嘴對著她沉默不語。

「叭——」

似乎因為堵住了路，身後一輛車十分不耐地按響了喇叭。

「我不管你懷疑誰，但這件事，從現在開始和你沒有關係了。」

「為什麼？」

「因為我覺得你還需要這份工作，我也需要有你來承擔這份工作。」

「……」

「算我求你一次。」

這是若嵐第一次求我，但我不知為何卻感到了濃濃的失望。雖然很符合我的猜想，但還是有一種憧憬破滅的感覺。

妳本不該對任何人低頭的……

「……我知道了。」

「謝謝。」若嵐轉過頭，在身後瘋狂的喇叭聲中，她重新踩下油門。

「若嵐，我一直很尊敬妳。」我瞇著眼，從窗戶的側面看到後面超上來的那輛車，那裡面的司機伸出手，對我們豎起中指。「妳不會讓我失望的，對吧？」

「可惜，我最不希望你有的，應該就是尊敬了。」若嵐嘆了口氣，聲音中滿是疲憊。「修元，加油。很多事，你完全可以做得更好。」

我發現心中的疑惑之上，不知不覺中被壓上了一顆大石。

這顆大石讓我的呼吸有些艱澀，同時也讓我失去了勇氣繼續去質問那些……

我不知道自己敢不敢面對的事。

這麼多天以來，我第一次踏進這間便利商店。期間我和申屠都沒有聯繫過，我不知道該怎麼和他搭話，而站在姜肅生家屬的角度，他恐怕也是一樣的。

店裡的冷氣開得很強，冷得讓我有點不適應。貨架上的東西說不上亂，但毫無疑問少了很多——是他很久沒有進貨的關係嗎？

我看到收銀臺沒有人，估計申屠是在休息室裡，猶豫了一下，不好意思去打擾。於是拿了個籃子，走到飲料區，開始往裡面放草莓牛奶。

一邊放，一邊卻覺得彆扭。

我是到這裡來找他的，為什麼不敲他休息室的門呢？是因為還沒有什麼勇氣的關係嗎？對著內心詢問，卻沒有答案浮上來。

「你是想把我所有的紙盒飲料搬空嗎？」

申屠略帶無奈的聲音從背後傳來，我微微一愣，才發現自己手上的籃子出奇的重。低頭一看，別說草莓牛奶了，我連綠豆湯，柳橙汁和蔬菜汁等等一些紙盒飲料也放進去了。

我把籃子放在地上，甩了甩微瘦的手，然後蹲下來把飲料再放回去。「啊，不好意思，發了一下呆。」

申屠走過來，蹲在旁邊，和我一起放飲料，一邊放一邊嘲笑道：「發呆都擺成這樣，你當玩俄羅斯方塊啊？」

籃子裡已經塞滿了兩層，無意識的擺放依舊很整齊，如同他所說，和俄羅斯方塊一樣填滿了所有底層位置。

我吸了吸鼻子，聞到申屠身上傳來淡淡的檀香，「你在房間裡燒香？你以前好像從來不做這個。」

「人沒去，那就在別的地方盡盡人事，雖然我也不知道有沒有用就是。」

「我以為你不信這個。」

「人發現自己的無力，才會去尋求信仰。」申屠自嘲地笑了笑，然後又開始習慣性的胡說八道起來，「你別說，燒了點香，竟然好受一點了，對我外公有沒有用不知道，起碼對我是有用的，燒的時候就在想『萬一真靈了呢』？你說是吧？說不定以後在另一個世界科技有發展，他還能燒錢給我呢，嘿嘿嘿，這樣以後每年清明節我就去他牌位前借錢，喔，也不只他，祖宗十八代我一個個要過來，『祖宗哎！保佑不能靠嘴說啊，發點壓歲錢用用唄～』之類的。」

看他一邊說一邊笑，之後笑聲漸輕，甚至開始變得乾澀。我嘆了口氣，「笑不出來，就別勉強自己。」

「……很明顯喔？」

我點點頭，「他走得還算開心。」

「嗯。」他抿著嘴點點頭，深呼吸一口氣，「那就好，那就好……」

「臨走前還玩了一場四色遊戲，很盡興。」

這次申屠倒是發自內心地笑了一下，「這倒是他的風格。」

話說到這裡，除了那些我要買的草莓牛奶，其他的紙盒飲料已經都被整齊地放了回去，結帳付錢時，我又開口說道：「說起來，今天我看到你表哥了。」

中屠挑了挑眉毛，「喔，他竟然還去上班了？我以為至少會住個院休息幾天呢……」

「今天是最後一天上班，他辭職了。」

中屠聞言，沉默了一會，搖了搖頭，「你沒事說他幹麼？」

「他之前讓我勸勸你，但一直沒機會說，而且我覺得這種事應該自己決定，所以，我就傳達點他的意思。」

「什麼？」

「他覺得你待在這家店裡很可惜，希望你回大學深造。」

中屠聽完後，沒說好，也沒說不好，只是沉默著。

我自然也不會不識趣地深究下去，接著又說道：「另外，你外公有留給你一句話。」

「什麼？」

「數學超無聊，不要再學了。」

申屠愣住了，他呆呆地看著我，突然噗嗤一聲笑了出來。他笑得很開心，彷彿我說了一個超好笑的笑話。

他笑得肚子疼，捂著肚子彎下了腰，坐倒在收銀臺後面，他的笑聲由小變大，又由大變小，可聲音小了卻不等於他的笑意減少。

他發出輕微的咯咯笑聲，完全停不下來。他一點都不在意自己的形象，只是瘋狂地笑，隨後，晶瑩的淚水從他的眼角流下……

如此悲傷的笑聲，在這間小小的便利商店裡流淌了很久，而後笑聲漸漸停歇，徒留他略帶急促的喘息。

便利商店裡的冷氣開得很低，冷得讓人心裡發酸。

「這幾天，我其實在考慮要不要關店的事。」

我微微一愣，本能地就想開口詢問，之後便逼著自己閉上嘴。

怎麼問啊？難道問「是不是因為我在那個公司，讓你不爽了」？

先不說這個問題充滿了一種自以為是的尷尬感，就算真的是這樣，這個問題本身也是不能問的。

一旦問了，只是在已經扯開的傷口上，撒一把鹽而已。

對此，我只好問另一個問題：「那你決定了沒？」

「沒有，只是我最近也沒進貨，所以倒是下了另一個決定，如果我這個禮拜不進貨的話，我就不做了。今天是星期四，還有三天。」

「……」

「你看，只要下了條件，就容易下決定多了對不對？」

「那你有打算關了店以後，做什麼嗎？」

「有想過。所以你把我表哥的話告訴我時，老實說，我有那麼一瞬間想要回大學繼續念書了，反正，也沒什麼特別想做的事，可我沒想到……」中屠笑著搖了搖頭，手指在眼角上快速地一滑，擦掉了那一點光亮，「我外公竟然留了那麼一句話給我，你覺得，他為什麼留這句話給我？」

我聽到這句話，略顯遲疑地說道：「可能是因為自己科學家的身分才導致這樣的事發生，所以……」

「別總是一副在對我認錯的樣子，就算之前想要關店，也不是因為沒有辦法面對你；只是覺得，我荒廢了那麼多年，有些對不起他培養小時候的我罷了。」申屠輕笑著低聲說道：「他應該是這個意思──『比起數學，當個會和朋友團抱的猴子，會更開心一些』。」

我沒有辦法否認，或者說，我也覺得這可能是最接近答案的猜想。

姜肅生也許是個古怪而自我的人，可他對申屠確實另眼相待。

「我明天就進貨。」

我聽到這句話，雖然知道自己這樣不對，卻忍不住輕舒了一口氣。

申屠見狀，忍不住笑罵道：「以前都是你在打擊我說我不是開店的料，怎麼現在這副態度？」

「如果你要改變生活方式，我不希望那個原因是一個悲劇。」

「為什麼？」

「因為如果用悲劇做一個故事的開頭，那大多情況……故事的結尾也會是悲劇。」

番外篇

出生證明，死亡證明，同一支筆。

原文 Birth certificate. Death certificate. One pen. 出自英國六字小說網站（Six Word Stories）。

約莫十二、三歲的少年上半身赤裸地躺在病床上，下半身則用白色的毛毯蓋住。房間裡充斥著淡淡消毒水的味道，正對著床鋪開了一扇透明的窗，身穿藍色隔離服的人們安靜地走過，沒有人朝裡面多看一眼，頂多就是看一看窗上投影出的資料，比如心跳，比如腦電波，比如溫度。

這是一個對這裡來說再一般不過的房間了，因為這整整一層，全都是這樣的房間。

這裡擁有最尖端的醫學器材，但這裡不是醫院。

醫院的工作是幫助患者延長生命，而這裡，則是製造生命，以及回收生命。被製造的複製人將會從這裡出去，而被回收後，也會回到這裡，解剖後將有價值的器官保存，用來拯救他人或者做為試驗材料。

這裡是上帝的禁區——培育中心，第二人生公司所屬——生命迴圈製造所。

辦公室裡，一名叫做劉彥的中年男子隨口問了一下走進來的同事：「那個連接型的狀況怎麼樣？按理來說這幾天也該醒了，是不是有什麼不合格的地方？」

同事叫羅邦，有著一副對豬來說已經可以出欄的危險身材，所以諧音外號羅胖。他只走了一層樓，就輕微喘著氣，「有一點延遲很正常，還在預料範圍內。」

「你沒坐電梯？」

「我沒擠進去……」羅胖尷尬地嗆了一聲，隨後很生硬地轉開了話題。「不過說起這個案子，之前因為有些年頭沒做，差點出了錯。」

嗯？這種簡單死板的事還能出什麼錯？

「怎麼了？」劉彥不由得有些奇怪地問道。

「有個新人填錯單子，要不是最後核對了原始檔案，我們便差點把他做成獨立型的……」羅胖感嘆一聲，然後掏出手帕，抹了一下額頭還有脖子的油汗，「也不知道客戶怎麼想的，什麼年代了，還要做連接型？」

鈴聲驀然在辦公室響起，牆面上一排排的紅綠小燈中，其中一個燈也開始閃爍起來，對著上面的編碼，劉彥輕吐了口氣，放下心裡一塊石頭，「總算醒了……」

不怪他有如此反應。因為即便是技術成熟的現在，製造複製人也不能說是百分百成功的，有許多複製人在製造完成後卻一直沒有辦法清醒……而這類複製人——等待的自然只有回收的命運。

和那些被運回來已經變成屍體的複製人不同，面對這種複製人的回收過程，死亡的精神，鮮活的身體，會有一種收割生命的罪惡感。雖然多年來大多人已經習慣了，可真的碰到後終究還是會有所不適。

但，這不是複製人成為商品的唯一一道關卡。最重要的是，在複製人甦醒後的一個月內，必須在設施內生活，以便進行觀察。如果發現一些身體或者精神上的缺陷，期間會做一些補救的調整，而補救不了的……等待他們的依舊還是回收，不過在那種情況下，是可以使用公司的安樂死藥物的。

劉彥和羅胖來到了少年的房間門口，劉彥先抬頭看了一下門上顯示的號碼——LM01213。

門被自動打開了，他們看到裡面有兩位護士正在安撫有些驚慌的少年。

「你們是誰？我為什麼在這裡？」

劉彥朝羅胖使了個眼色，羅胖頓時會意，近乎不可見地點了個頭之後，便露出燦爛的笑容，變戲法一般不知道從哪裡掏出一根油亮油亮的雞腿，迎了上去。

「喲，總算是醒了啊？要不要吃點東西啊？小帥哥？」

少年聞言，動了動鼻子，驚慌的神情頓時有些平復，隨後他的肚子發出一聲「咕嚕」的叫聲。他頓時不好意思起來，白淨的臉上漲得通紅。

待少年接過羅胖遞上去的雞腿，把雞腿啃乾淨之後，還意猶未盡地舔了舔嘴脣。羅胖見狀，遞了個眼色給劉彥——

能吃東西，可以開始監測消化了。

劉彥不動聲色地點點頭，退出房間，掏出手機連上辦公室內的監測螢幕，看了良久，他點點頭。

嗯，目前還看不出消化有什麼問題。

「小帥哥，你先自我介紹一下，你知道自己叫什麼名字嗎？」

「我叫王秀明……唔？」少年的臉上突然露出了疑惑的表情，隨後他開始變得有些痛苦。他本能地抱住自己的頭，卻發現自己頭上一根頭髮都沒有，頓時變得驚慌起來——

「怎、怎麼回……我、我是誰？我是……」

「沒事，沒事，你能想起你是誰就沒事，頭髮也會慢慢長出來的，這裡很多人都這樣，別怕……」羅胖脫掉自己腦袋上的帽子，指了指油光發亮，沒有一根頭髮的腦袋，「你看我不是也……」

「啊！」一聲歇斯底里的尖叫聲響起，打斷了羅胖的安撫，叫聲中充滿驚慌和痛苦，隨後便是各種器具被砸落地面的聲響。站在門外的劉彥搖了搖頭，平靜地調出製造所裡的軟體，輸入編號，出現了兩個選項。

一個是綠色的按鈕，按鈕上寫著「休眠」二字，而另一個按鈕是紅色，寫著「再回收」三個字。

他謹慎地點了一下綠色的按鈕——

滴……

尖叫聲驀然停止，房間裡的少年暈了過去。

隨後劉彥拿出隨身帶著的文件，墊在板子上，在編號為LM01213的檔案上，勾了「製造完成」、「甦醒成功」的選項，而在「精神」這一項上，則打了一個三角形。

這是常有的事。

羅胖拿著手帕擦著汗走出來，隨口問道：「怎麼樣？」

「目前生理上沒看出什麼問題，所以總的來說還行，精神面的話……」劉彥填著表格，頭也不抬地說道：「畢竟年紀小，要循序漸進一些。不過到底是孩子，可塑性普遍比大人強，再觀察觀察吧。這方面你多盯著點……盡量……」

說到這裡，劉彥頓住了，而羅胖則點點頭，「嗯，這個，還是有希望的，希望能把他送出去。」

「送出去不難，主要還得保證他不會馬上被送回來。」

「我懂，我懂。」

「上個月合格率不到一半，所長很生氣。」

羅胖聞言，臉上的笑容頓時有點撐不住，他嘆了口氣，「怎麼失敗這麼多？哎，其實照我說，現在標準可能太嚴了一些。」

「寧願嚴一點……」劉彥有些心煩意亂地掏出一根電子菸，吞雲吐霧起來，他悶悶地說道：「讓他們死在這裡，總比死在外面好。」

羅胖聞言，有些擔心地望了自己的同事一眼，「喂。」

「幹麼？」

「你有沒有按時去做心理諮商啊？」

「放心，我去了。」

「結果這麼好？」羅胖略帶懷疑地問道。

「煩！」劉彥瞪了羅胖一眼，隨後嘆了口氣，「美女最後給我配了點安眠藥就是。」

王秀明恢復得比劉彥預料中的要好，他很快便接受了自己被做為複製人製造出來的事實，同時接受了兩個身分。

一個身分叫做王秀明。

另一個身分叫做LM01213。

王秀明的頭上已經長出薄薄的一層毛髮，他正在羅胖的指導下在跑步機上慢跑，而羅胖則在一旁記錄。

「還行啊，不錯，恢復得不錯。」羅胖愁眉苦臉地摸了摸自己的肚子，覺得最近又胖了不少，猶豫著要不要也運動一下。

「今天有什麼不舒服的嗎？」

「沒有。」王秀明流著汗，微喘著氣說道。

「十四加十六等於多少？」

「嗯……三十。」

「你眼前跑步機的把手是什麼顏色？」

「黑色。」

又接連問了幾個問題，少年都回答正確，然後羅胖冷不防地問道：「你是誰？」

「……」

羅胖降低了跑步機的速度，在少年腳步漸緩之後，他徹底停止跑步機的履帶，「你必須回答這個問題，秀明。」

少年咬著嘴唇，低聲說：「我是LM01213，王秀明的複製。」

羅胖在心中輕嘆一聲，同時也覺得安慰和輕鬆。如果複製人將自己和原型混淆，出去後會引發不少亂子。

因為原型做的一些很理所當然的事，在複製人這裡就未必成立。這會導致複製人情緒出現本不該有的波動，輕則造成家庭失和，重則出現惡性事件。

「如果表現良好，你將會繼承王秀明的身分，在外面的社會裡生活下去。因為是複製人，就算你去上學，你的課業壓力也不會太大，未來也不必憂愁工作上的事情。雖然確實有不少的限制，但很多一般人需要苦惱的事，你都不用苦惱了，完全可以享受人生，唯一要做的，就是在繼承王秀明身分的同時，也要有身為複製人的自覺，有些事可以做，但有些事就是不能做……這個世界，還是很公平的。」

羅胖說著違心的話，但早已沒有當初那般彆扭。他知道這是自己必須要完成的工作，他會做為複製人培育的輔助人員，而最終判定則由劉彥負責。

就算為了朋友，他也想盡量減少劉彥在最後判定書上標註不合格的頻率。這只會代表一條生命的逝去，以及再在那因為罪惡感而傷痕累累的心靈上，狠狠劃上一刀。

秀明的臉色看上去好了一些，他神色複雜地笑笑，「我……我知道的。」某種意義上，識時務是複製人最重要的一項優點，沒有之一。既然完全有一種輕鬆的思考方式，何必要選擇痛苦的？

「很好。」羅胖拍了拍秀明因為流汗而溼透的背心，讚許地點點頭，「你能接受這點，我就放心不少了。」

「羅叔叔。」

「嗯？」

「我……秀明，是為什麼死的啊？」

羅胖的神情有些不自然，乾咳了一聲。「因為意外，失足從樓上掉下去。所以你以後要小心啊。」

秀明「哦」了一聲，得到答案的他便沒有繼續追問。

羅胖擦了擦脖子上的汗水，眼神飄忽。

一個月的觀察期很快便過去了，羅胖坐在辦公室裡吃著放了荷包蛋和香腸的泡麵，呼嚕嚕地吃了滿頭大汗。

他吃什麼都香，讓一旁的劉彥看著肚子也餓了。

只是他手上還有最後一份複製人的合格批准沒有做出決定，一旁的電腦顯示著最近王秀明的表現狀況，但他無心觀看，因為那份資料他已經看到可以背出來了。

他抬頭看著牆上掛著的一支銀色的筆。那支筆有些奇特，並不是一般制式的圓形筆桿，表面帶著貼合手指痕跡的凹凸，筆桿最上方有一盞小燈。而這支筆的下方，則放著一塊銀色金屬板。

他的神情猶豫，「羅胖。」

「嗯？」羅胖應了一聲，但是沒有轉過頭，專心致志地與自己的泡麵奮鬥。

「LM01213你盯的，從結果上看身體是沒什麼問題，和原型沒什麼區別，精神面可能也差不多，不過……從你的報告看，他還是挺會察言觀色的。」

「這不是挺好？」羅胖嘴裡嚼著食物，含糊不清地說道：「察言觀色是複製人最重要的技能，而且沒有之一好嗎？他們本來就得看一輩子別人的臉色。」

「他還是個孩子，承受能力有限。」劉彥疲倦地揉了揉自己的太陽穴，「現在是沒事，可之後呢？萬一在沒成熟之前就受不了了……」

「他沒達到合格標準？」

「一般情況下，他這樣的評估分數是夠的；但你知道，他是自殺，我覺得不夠保險。」

辦公室裡只剩下羅胖咀嚼食物的聲音，他和劉彥兩個人大眼瞪小眼的互看了良久，當羅胖完全嚥下嘴裡的食物時，劉彥嘆了口氣——

「罷了，總不能說因為不夠保險，就得丟了一條命。」劉彥站起來，將那支筆和銀色金屬板拿下來。

當他握上筆的瞬間，筆桿上方的綠燈亮起，同時銀色金屬板上出現了如同進入筆記型電腦一般的畫面。

上面只顯示了一行字——指紋驗證成功，請輸入。

劉彥拿起筆，在金屬板上書寫起來。和一般的觸控式螢幕不同，手中的那支銀筆，順暢地在平板上流出了黑色的墨水，並迅速被金屬板吸收。

「LM01213，生產合格證明。」

「指紋核對無誤，墨水核對無誤，確認為員工編號 G239，劉彥，請問是否通過合格檢驗？」

這一次劉彥沒有猶豫，在確認的那個方格裡打了個勾。

在勾打完的一瞬間，旁邊的印表機突然開始運作，印出了一份新的出生證明。

自治曆六十五年四月二十三日，連接型複製人，正式出生。

一顆網球在視野中放大，摩擦原本冰冷的空氣，帶著微溼的觸感——狠狠砸在秀明的鼻尖。

猛烈的疼痛帶著劇烈的酸楚從鼻腔傳達，連慘呼都來不及發出一聲，秀明的眼淚止不住地往下掉。他忍不住彎下腰，捂住鼻子。

「抱歉抱歉，沒想到你不僅沒接住還沒躲掉……」毫無誠意的道歉。在周圍一片哄笑聲中，對面的男孩將球拍擱在肩膀上，然後朝後面的人喊：「下一個！」

「別那麼囂張啊，打贏他算什麼，本來就是湊數的！」秀明身後傳來了大為不滿的聲音，隨後一股大力從肩膀處傳來，伴隨著一句──

「別擋路啊，礙事。輸了就趕快下去。」

秀明低著頭，捂著鼻子沉默地走到一旁，周圍還有一些同學嬉笑打鬧，偶爾有人看了他一眼，也是輕描淡寫的嘲諷。

是的，只是輕描淡寫的嘲諷。言辭並不犀利，但毫無疑問，這代表了最不受關注，也最不讓人在乎。

就算時代變了，就算同學們換了一批，為什麼自己還是處於這樣的地位呢？

難道，是因為我天生就是這樣的人？而不是他們的問題嗎？

社團的活動結束，他回到了家。秀明低著頭進了房間，到了晚上六點，他一個人熱了一下食物，一個人吃完了晚飯。

八點整的時候，他的父親王連升回來了。

說是父親，但在秀明眼裡卻像個爺爺，他看著在他眼裡一下子老了二十多歲的父親說道：「回來了？今天店裡很忙嗎？」

王連升點點頭，他是一間傳統點心鋪的老闆，「今天生意確實不錯。」說到這裡，王連升瞇了瞇眼，走近秀明，盯著他的臉。「你的鼻子怎麼了？有人欺負你？」

秀明一愣，然後搖搖頭，「沒有，只是接球沒接到，打到鼻子了。」

蒼老的王連升皺著眉，有些不放心地點點頭，「有什麼事，跟爸爸說。」

「現在學校裡有交到朋友嗎？」

「嗯。」

「嗯，有一些吧？」

那些人，算是朋友嗎？秀明摸著鼻子，卻不知道自己的定義對不對。

「有一些？」王連升略顯欣慰地點點頭，「那就好，那就好。」

秀明有些奇怪，他父親以前從來不關心這方面的事，不過相比這個問題，有一個問題卻憋了很久，只是讓他問，他又實在沒那個勇氣。

王連升看出兒子表情不對，便說道：「有事嗎？說吧，我聽著呢。」

「爸，我想問……為什麼我……是連接型？」

王連升不由得沉默，眼底閃過一絲愧疚，走上前去，抱住了秀明，「對不起啊，但……我不能讓你一個人在世上受苦。」

「……」

「你不願意到時候和老爸一起走嗎？」

秀明聽到這個問題，抬起頭，看向父親那複雜的眼神，他張了張嘴——

「……沒有。」

是的，世上有些答案從來就不是多項選擇題，而是填空題。除了否認，他想不出還有什麼話是能在這個時候說的。

四年後，秀明總算交到了第一個真正意義上的朋友。

「怎麼樣，這段時間如何？」一名年輕人正對著鏡子，小心弄著額前瀏海，把根根毛髮都擺在他認為該擺的位置上，如同強迫症一般；然後很小心地把梳子放進小盒子裡，再放到包裡的夾層，「還適應嗎？」

「嗯，都已經好多年了，也差不多適應了。」

「我不是說這個，我是說高中生活，畢竟就算是原來的王秀明，也沒有過過高中生活啊。這段生命，是屬於你的，秀明。」

秀明聞言，微微一愣，隨後胸腔裡湧起一陣暖流，垂下眼簾，「大家都還好，謝謝你，修元哥。」

「沒什麼，複製人裡，我也只有在你這裡最輕鬆，所以如果有什麼事，打我電話。」鄭修元做出一個六的手勢在耳邊晃了晃，笑容很是和善，「別覺得不好意思。」

「好。」

「那我先走，還有一家我得去看看。」

「下次見。」

「嗯，再見。」

當門被關上，陰影擋住外面的陽光，秀明的臉上表情沉了下去。他轉過身回到房間，從枕頭下拿出一本泛黃的筆記。

低著頭，看著上面的日期，是二十年五前的秀明留下的，現在被二十五年後的秀明在父親的保險櫃裡找到。上面擁有最後那半年，秀明缺失記憶的那部分。

他越看越覺得失望，但那回憶中的痛苦依舊慢慢地如同潮水一般漲了上來。

原來……

原來我是這樣死的啊……

他忽然回想起最初那一個月，有個胖子幫助自己鍛鍊，並關心自己的心理健康，面對自己的問題，胖子那一瞬間略顯糾結的表情，秀明搖搖頭。

隨後他拿出手機，連上網，搜索二十五年前關於一個叫做秀明的人自殺的新聞消息。他只查到三條，並且有兩個網路位址點開後是無效的。

他看了看日記上最後寫的「我要讓他們後悔，讓他們痛苦一輩子！」

心中卻不由得疑惑——他們真的後悔了嗎？

或者說，他們真的痛苦了嗎？

問題很快在一個星期後就有了解答。

坐在他前面的女生，一個名叫邵楠的女生。是一位性格外向，不論男生圈還是女生圈都能玩得很好的女生。

雖然學習成績一般，但也無損她在老師眼中的良好形象。而在一天放學的時候，他看到了這位女生的母親。

即便時隔多年，可他還是認出她來了。

一樣的眼神，一樣的笑聲，看到這個女人和老師說話的時候，時不時摸摸邵楠的頭，一臉寵溺。

看上去，和其他的家長沒有什麼太大區別。

那種平凡的樣子，一定有幸福的生活了。

等她們聊得差不多，他便從後門走出，此時聽到邵楠大聲叫住自己。「呆明，等等。」

呆明是班上同學替他取的綽號，而秀明對這個外號雖然不喜歡，但也沒表示出特別強的厭惡和憤怒。

甚至可以說，被許多人排斥的他，不願意因為自己的情緒，而讓這樣的關係變得更糟糕。這對他來說，是一種防止被霸凌的最好方式。

「怎麼了？」

「今天你借我的量角器還沒還你呢，你忘啦？」邵楠嘻嘻一笑，隨後飛速跑到自己位子上將東西遞給秀明，「謝啦。」

「不客氣。」秀明謹慎地回禮，裝作不經意地問道：「這位是妳媽媽啊？」

「是的。」中年女子點點頭，帶著微笑說道：「我家女兒多謝你照顧了。」

「沒有的事，您太客氣了。」

他們互相寒暄了幾句，秀明看著她們離去的背影，臉上的微笑消失了，血色盡褪，蒼白得無以復加。

她忘了，她居然連我的樣子都沒有認出來。

原來一條命的教訓，二十五年就可以忘得乾乾淨淨……

「秀明。」一陣急促的跑步聲傳來，班主任來到秀明身邊，語氣略帶焦急地說道：「秀明，你冷靜地聽我說，別慌。」

「啊？」秀明心思正煩亂著，突然看到班主任過來，忍著心中的煩躁問道：「怎麼了？」

「別慌，秀明，你聽我說，你爸爸……」班主任艱難地嚥了口口水，「你爸爸出車禍了，現在在醫院裡。」

太陽的餘暉，在話音落下的一瞬間，消失不見。而秀明的瞳孔一下子放大，呼吸的停滯，前所未有的恐慌，填滿了他的心。

他耳中響起了父親那句如夢魘一般纏繞他的話——

「你不願意到時候和老爸一起走嗎？」

良久，秀明低下頭，喃喃自語。

「我願意啊……只是走之前，得把事做了，否則怎能算活過？」

一個月後，生命迴圈製造所。

羅胖比起四年前似乎又胖了一些，而劉彥則變得有些頹廢——他上個月剛離了婚。

而變得比原來更胖的羅胖正使出渾身解數給劉彥鼓勵，一個勁地開始胡說八道起來：「喂，人生三大喜事，升官發財死老婆！你離個婚，的確是有點不一樣，但不一樣地方很好啊，你都不用出喪葬費，還能拿到賠償金！把她一腳踢開，『淨身出戶』，這綠帽戴得值得！」

「……」

羅胖越說越興奮，完全沒有注意到劉彥的表情開始扭曲，他說到興奮之處還忍不住拍了一下大腿。「你想想啊，你老婆的體重都快和我一樣了，這樣她都能找到下一個，也是夠拚了。你看她那樣的都能釣凱子，你就更不用愁啦！愁眉苦臉幹什麼？不開香檳慶祝都覺得過分啊我跟你說！」

「……」

「念過書沒有？子曰：『要想生活過得去，就得頭上帶點綠！』其實這話呢……」

劉彥的臉變得越來越難看，在他忍不住想要爆發揍扁身邊的死胖子的時候，牆上的視訊電話響了起來。他只好深吸一口氣，按下通話許可。

視訊上出現一位穿著白色實驗袍、戴著口罩的人，他再三確認手上的標籤，說道：「劉彥，今天增加的臨時回收，可別的科室好像滿額，你們這裡行嗎？」

「嗯，你來吧，先把編號報給我，我告訴你去哪個倉庫會合。」

「LM01213。」

「LM？」劉彥的神情微微一變，「連接型？」

「嗯。」

「我知道了，麻煩送上來，六樓三號區B室，先讓我核對一下身分，謝謝。」

劉彥說完這句，看向同樣神情複雜的胖子，「你聽到了，要不要去看看？」

「走。」胖子嘆了口氣，點點頭，抬起胖胖的身軀，搖搖晃晃地跟著劉彥走了。一起坐電梯到六樓，出了電梯門，剛好另外一側的電梯也發出了「叮」的一聲聲響。

「很久不見。」穿著白色實驗袍、戴著口罩的男人發出低沉的聲音說道。

劉彥搖搖頭，掏出電子菸，「我真希望這輩子不用見你，每次見你都沒好事。」

男子不置可否地聳聳肩，推著病床，一直到三號區B室的門口才停下。「你們看一下，確認對不對。」

說完，他拉開袋子的拉鍊，露出一張蒼白的少年面孔，眉頭微鎖，似乎永遠都掛著憂愁。

劉彥和羅胖都看了一眼，最後兩個人都沉默了。

「那看來是沒錯了？」看兩個人的樣子，男子了然，掏出一張簽名單子。「那我走了，簽個字證明有收到。」

劉彥點點頭，掏出黑色的原子筆在上面寫上名字。

待男子走後，羅胖臉色複雜，只覺得今天吃飯胃口都不會好了。「我現在一邊難過他走得那麼快，一邊高興，他不是自殺，至少說明他的日子不是太糟糕？」

「你在說什麼鬼話。」劉彥聞言，哼了一聲，「他的確不是自殺，可也許只是來不及而已……」

羅胖忍不住皺眉，「你要不要去看看醫生？」

如果說出事實需要看醫生，那病的就是這個世道了。

心裡暗自說了這麼一句，劉彥沉默地將病床推進去，打開牆邊的一處冰櫃，向羅胖揚了揚下巴，示意他幫幫忙。

羅胖會意，兩個人便把裝著秀明身體的袋子打開，丟掉，檢查了一遍，確認肢體完好，也沒什麼可疑的傷口後，便把秀明放到冰庫裡，關上門。冰櫃原本顯示的綠燈一下子變紅了。

兩人沉默著回到辦公室，可能是麵泡爛了，可能是沒胃口了，總之那碗沒吃完的泡麵被羅胖倒了……

麵被倒了，辦公室裡的泡麵調味包味道卻一瞬間更濃了，劉彥不由得說道：

「這就沒胃口了？我以為你該習慣這種事了。」

胖子揉揉肚子，似乎覺得還有點餓，「說實話，我是有點習慣了，但我覺得不該習慣這種事，所以我倒掉了。該吃不下飯的時候，再餓也不能吃，這樣下一頓才吃得香。」

劉彥不置可否地揚揚眉毛，然後吃力地搬開文件櫃裡最外面幾層資料，將最裡面的一層一個個翻找，最後目光一凝，將其抽了出來。

文件袋的編號是LM01213，裡面有一張出生證明，而現在……

劉彥搖搖頭，將文件放下，然後從牆上拿下那支專用的銀色筆和金屬板，指紋驗證成功後輸入某個複製人編號。

「LM01213，回收證明。」

墨水被神奇的吸入，並且很快有了反應。

「指紋核對無誤，墨水核對無誤，確認為員工編號 G239，劉彥，請問是否確認該複製人已無生命跡象？」

劉彥在「YES」那格打勾。

「請確認回收。」

他又勾了一下，隨後一旁的印表機便印出了一張死亡證明。

他將這張紙塞進文件袋，用封泥封好，印章也蓋上去，最後他拍了拍文件袋，眼簾低垂——

「你已經活過了，走好。」

後記

寫第三集的期間，發生了很多事，有好事，也有不好的事，所以讓我寫這本書寫了很久。今年開始畢業，辦理歸國手續，然後回國，然後再處理一些亂七八糟的事，很多的預定都已經開始往外推，不知道有沒有達到預想中的效果。這一集在這套書裡會是很關鍵的一集，漸漸地揭開一些事，當然也挖掘出更多的謎團。

而這次的角色姜肅生，是一個在我眼裡很有趣的人。但這個人絕對說不上善良，只是一位眼中近乎只有理想的人。

相信很多人一面在欽佩他的同時，一面卻真的不喜歡他這樣的做法。不過在這裡，你會發現，哪怕你再不喜歡這個人，他依舊還是有活著的權利。

因為這世界就是由我們喜歡的、討厭的，以及無所謂的組成的。

而這次的靈感是來自夜透紫老師的一個帖子，留言後突然意識到了生命的組成部分。從現實角度說，生命是由一堆細胞組成的東西；可從精神角度說，組成我們的，往往是那些身體之外的東西。

家人、朋友、情感、目標，經歷過以及未來將要經歷的，當失去任何一樣組成的部分，我們都會在難過的同時感到一種失落。

我有一些並不喜歡的人，甚至當那些人去世的時候，我都會有一種「終於死了」、「再也不用看到這個人渣了」的感覺。但同時，我會很驚訝的發現，我並沒有自己想像的那麼高興，更多的是一種……生命的缺失，組成我人生的部分，突然少了這麼一塊，而如果是聯繫緊密的家人或者朋友，這種感覺無疑會增強很多倍。

在這種情況下，在那天那個帖子下，我突然誕生了一個意識，如果和我有關的人和事都永遠的離開我了，那麼是否代表「我」因為失去了太多生命的組成部分，這個「我」其實已經死亡了呢？

那麼，我究竟要失去多少東西，我才不會是「我」呢？

因為這個疑問，讓我創造了姜肅生這個角色，像他這樣自我的人，固然會自我到沒朋友，可這樣的人往往對自我認知有著極高的敏感度。尤其被封閉在一個建築物中，漸漸發現這個社會對他的折磨，漸漸發現自己在不知不覺中變得不是自己了，這對想要堅守自我的人是一件十分痛苦的事。

就像他把自己比作一艘船，妻子的去世抽掉了船的一塊板，外孫的轉變也抽掉了一塊板，對手的衰亡讓他失去了前進的帆，種種在他生命中組成的重要元素不間斷地消失。

他會越來越覺得自己正在不斷死去。

當然，還有一些別的事，只是不能爆雷，所以在這邊先不說了。這段時間家裡在裝潢，已經快完成了，而一旦裝潢完畢，我會盡快將第四集寫出來。

我知道大家對於這一集一定會有很多疑問，特別是關於女主角若嵐的，畢竟這是暴露出最多隱藏資訊的一集，但請耐心等待，我也和你們一樣焦急。

我會加油，希望大家也是。

千川

2018年9月17日　杭州

國家圖書館出版品預行編目資料

人生售後服務部 / 千川作. -- 1版. -- [臺北市] :
尖端出版, 2018. 10-
冊 ; 公分
ISBN 978-957-10-8225-7 (第3冊 : 平裝)

857.7 107001256

翼想本

人生售後服務部 3

著　　者／千川
發 行 人／黃鎮隆
副總經理／陳君平
總 編 輯／洪琇菁
執行編輯／洪琇菁
企劃宣傳／邱小祐、劉宜蓉

封面插畫／Ooi Choon Liang
美術編輯／陳聖義
國際版權／黃令歡
文字校對／施亞蒨
內文排版／謝青秀

出版／城邦文化事業股份有限公司 尖端出版
台北市中山區民生東路二段一四一號十樓
電話：（〇二）二五〇〇—七六〇〇
傳真：（〇二）二五〇〇—二六八三
E-mail：7novels@mail2.spp.com.tw

發行／英屬蓋曼群島商家庭傳媒股份有限公司城邦分公司 尖端出版
台北市中山區民生東路二段一四一號十樓
電話：（〇二）二五〇〇—七六〇〇（代表號）
傳真：（〇二）二五〇〇—一九七九

中彰投以北經銷／楨彥有限公司
（含宜花東）電話：（〇二）八九一九—三三六九
傳真：（〇二）八九一四—五五二四

雲嘉經銷／威信圖書有限公司 嘉義公司
電話：（〇五）二三三—三八五二
傳真：（〇五）二三三—三八六三
客服專線：〇八〇〇—〇二八—〇二八

南部經銷／威信圖書有限公司 高雄公司
電話：（〇七）三七三—〇〇七九
傳真：（〇七）三七三—〇〇八七

香港經銷／城邦（香港）出版集團有限公司
香港灣仔駱克道一九三號東超商業中心1樓
電話：（八五二）二五〇八—六二三一
傳真：（八五二）二五七八—九三三七
E-mail：hkcite@biznetvigator.com

新馬經銷／城邦（馬新）出版集團Cite（M）Sdn. Bhd.
E-mail：cite@cite.com.my

法律顧問／王子文律師 元禾法律事務所
台北市羅斯福路三段三十七號十五樓

二〇一八年十月一版一刷

■中文版■

郵購注意事項：
1.填妥劃撥單資料：帳號：50003021戶名：英屬蓋曼群島商家庭傳媒(股)公司城邦分公司。2.通信欄內註明訂購書名與冊數。3.劃撥金額低於500元，請加附掛號郵資50元。如劃撥日起 10～14日，仍未收到書時，請洽劃撥組。劃撥專線TEL：(03)312-4212 ・ FAX：(03)322-4621。E-mail：marketing@spp.com.tw

翼想本

翼想本